光文社古典新訳文庫

傾城の恋／封鎖

張愛玲

藤井省三訳

光文社

目次

傾城の恋／封鎖

さすがは上海人

一年前に上海に帰ってきたが、お久しぶりの上海人の第一印象は白さと太さだった。香港では、広東人の十中八、九は色黒で痩せており、インド人はさらに黒く、マレー人はさらに痩せている。彼らに見慣れると、上海人はみなユウガオの実のようにふっくら白く、粉ミルクの広告のようだ。

第二の印象は上海人の「通（つう）」振りである。香港の大衆文学性はかの有名なバス停の標識「停車を求むるならば、ここに立つべし」に代表されるだろう。しかし上海ではそうではない。上海に着いたばかりの頃、私はしばしば心の底から驚いた――「さすがは上海人！」と。石鹸を買いに行くと、若い店員さんが同僚にこう説明していたのだ。「ほら、『張勲（チャンシュン）』[1]の『勲』、『勲功』の『勲』なんで、『薫風』の『薫』ではないよ」『新聞報』[2]がデパートの開店広告を載せた時、駢儷（べんれい）文[3]と散文とを併用した陽湖（ようこ）派[4]のスタイルで実に感動的なコピーを書いており、不適切な贈答品を選ぶことの危険性について次のように結論していたのだ。「友情の繋（つな）ぐところ、あに大ならざらんや！

「友好関係は大切に」」風刺のようでもあるが、完璧な真理でもあり、決して大袈裟ではない。

上海人の「通」は文章が上手く、世故に長けているだけではない。いたるところで真に個性耀く言い回しに出会うのだ。去年小新聞に戯れ歌が載っており、誰が作者かはすでに忘れてしまったが、その詩は永遠に忘れられない。二人の女性の役者さんが作者を食事に招いたところ、彼はこのような詩を書いたのだ。「酒席で相対す頭牌［トップスター］」ご両人、張ちゃん雲ちゃん揃いの佳人。美食飽食して讃えるに、『靴破れるまで探そうとも求め難きこの出会い』」なんと愛すべき、奥深い自己風刺だろう！ ここには如何ともしがたい思いがあり、容認と放任がある――疲れから生まれ

1 ちょうくん、一八五四〜一九二三。清朝末期民国初期の軍人で、一九一七年の清朝復活のクーデター「張勲復辟」事件の主謀者。
2 上海の新聞で一八九三年二月創刊、一九四九年五月停刊。
3 六朝時代に形成された四字句と六字句による対句を用いる華麗な古文体。
4 清代の江蘇省陽湖県で栄えた古文派。
5 タブロイド版のゴシップ記事中心の新聞。

た放任、人を見下しながら、自分も大したものとは思わない、それでも人と自分との間にはなおも親愛の情が保たれている。このような態度をさらによく表している対聯（たいれん）[6]があり、これは私が電車の車中で見つけたもの、車窓の黒く塗られたペンキの上に爪で彫った文句である。「夫婦共に道理あるは、男女同権のためなり」かつては「我に道理ありと夫が言えば、我に道理ありと妻も言う」だったのだが、夫婦で勝手にしてちょうだい！　どちらも道理ありなのなら。「男女平等」で近年は大騒ぎ、平等というなら平等なんでしょ！――またもや疲れから生じた放任である。このような満面脂汗をかいての笑いは、標準的中国ユーモアの特徴なのだ。

上海人とは伝統的中国人にハイブローな生活で磨きをかけたもの。新旧文化によるさまざまな奇妙な交流の産物であり、その結果はあまり健康的ではないかもしれないが、そこにはある種の不思議な知恵が宿っているのだ。

誰もが上海人は悪（わる）だと言うが、悪でも程合いをわきまえている。上海人はお世辞が上手、権力には迎合する、火事場どろぼうもやりかねないが、彼らには処世の芸術があり、演じるにやり過ぎることはない。「悪（わる）」についても、ほかのことは知らないが、すべての小説に悪人は不可欠ということだけは知っている。善人は悪人の話を聞きたがるが、悪人は善人の話など聞きたくもない。だから私が書く物語にはひとりとして「完璧な主役」などはいないのだ。ひとりの女の子だけが理想的人物で、善良にして慈悲深く公明正大、もしも彼女が美人でなければ、おそらく人に多少は嫌われることだろう。美人であっても、読者の皆さんからお叱りを受けることだろう――「童話の国へ帰りな！」。『白雪姫』や『ガラスの靴』[7]が、彼女の縄張りなのだ。だが上海人はそれほど幼稚ではない。

私は上海人のために一冊の香港伝奇（ロマンス）を書いており、同書は「沈香屑（じんこうせつ）　第一炉香」「同第二炉香」「茉莉香片（ジャスミン・ティー）」「心経［気がかり］」「瑠璃瓦」「封鎖」「傾城の恋」の七篇を収録している。[8]これを書いているあいだ、片時も上海人のことを忘れなかったのは、上海人の視点を借りて香港を観察しようと試みていたからだ。思いを十分に書けな

6　左右一対の縁起ものの句。また、それが書かれた紙。
7　『シンデレラ』のことか?
8　一九四四年八月に刊行した短篇小説集『伝奇』には「沈香屑　第一炉香」「沈香屑　第二炉香」「茉莉香片」「心経」「封鎖」「傾城の恋」「金鎖記」「瑠璃瓦」「若いころ」「花凋」の十篇が収録されている。

かったところは上海人だけがわかってくれることだろう。
私は上海人が好き、上海人も私の本を好きになってほしい。

傾城の恋

上海では「日光節約」のため、あらゆる時計はすべて一時間進められているが、白公館[1]では「わが家の時計は古時計」と称しており、彼らの十時はよその家の十一時であった。白家の人々は歌を唱っても調子外れで、生命の胡弓には合っていない。胡弓はキィーキィーと鳴って、家々の灯りがともる夜、弓と弦とにより、語り尽くせぬ荒涼たる物語が語られる——何かとは問わぬがよかろう……胡弓の物語とは美装の役者により演じられるべきもの、左右の頬に長く引いた紅白粉が美玉[2]の鼻筋を際立たせて、唱い、笑い、袖を口に当て……しかしここでは白四旦那がひとり荒れはてた暗闇のバルコニーに座って、胡弓を弾いている。

胡弓の調べが流れる中、一階の玄関の呼び鈴が鳴った。これは白公館では珍しいことで、昔の決まりでは、夜の訪問は許されなかった。夜の来客、あるいは何の前ぶれもなく受け取る電報とは、天下の一大事でなければ、ほとんどが人が死んだということだった。

四旦那が身構えて聴き耳を立てていると、果たして三(サン)旦那と三奥様に四奥様「それぞれ白三旦那と白四旦那の妻」が大騒ぎして二階に上がってきたが、突然のことで何の話か見当も付かない。バルコニーの奥の広間には、六小姐(リウ・シアオ・チエ)[3]と七小姐(チー・シアオ・チエ)、八小姐(パー・シアオ・チエ)、そして三旦那と四旦那の家の子供たちが座っていたが、この時にはみな少し驚いているようすで、バルコニーにいる四旦那は、闇の中から明るい部屋を覗(のぞ)いているせいで、ドアが開いて三旦那が下着のシャツに半ズボン姿で現れ、ドアの敷居に両足を開いて立ち、後ろ手でパタパタと股のあたりの蚊を叩きながら、遠くの四旦那に向かい声を掛けるのがことのほかはっきり見えた。「老四(ラオスー)[4]、何だと思う？　六妹(リウメイ)[5]が別れたあの人が、肺炎でね、死んだそうだ！」四旦那は胡弓を置くと室内に入って訊ねた――「誰

1　白家のお屋敷という意味。以下登場する白三旦那と白四旦那はそれぞれ白家の三男と四男という意味。
2　美しい玉。転じて、美人・美妓。
3　名家の六番目の女児の敬称。
4　家族の間の四旦那の愛称。
5　家族の間の六小姐の愛称。

が知らせてきたんだ?」三旦那が「徐太太(シュイタイタイ)さ」[6]と答えながら、後ろを向いて扇子で三奥様を追い返した。「おまえまで見物に来るんじゃない、徐太太はまだ一階にいて、太っているもんだから、階段は苦手なんで、おまえがお相手しなくっちゃ!」三奥様が出ていくと、四旦那はいわくありげに言った。「死んだ人は徐太太の親戚ではないだろう」三旦那が答えた。「そうなんだよ。どうやら、あの家では徐太太に頼み込んで家(うち)に手紙を届けてもらったようで、もちろん考えがあってのことだ」四旦那が尋ねる。「六妹に葬儀に駆け付けてほしいってことじゃないか?」三旦那は扇の柄で頭を掻きながら言った。「道理から言えばそうすべきなんだろうが……」二人が同時に六小姐である白流蘇(リウスー)のほうをチラリと見ると、彼女は部屋の片隅に腰掛け、落ち着き払ってスリッパに刺繍をしており、先ほどの三旦那と四旦那のやりとりには口を挟む余地がないかのようにしていたが、この時には彼女はサラリと言い放った。「離婚したっていうのに、あの人の未亡人になるなんて、とんだお笑いものよ」そして何事もなかったかのようにスリッパの刺繍を続けたのだが、手にはグッショリ冷汗をかいて、針がすべってしまい、どうにも布を通らない。

三旦那が口を開いた。「六妹、そんな言い方をするもんじゃない。彼にもあの頃はおまえに対し謝るべきことがたくさんあった、それについては私たちもよく分かっている。だが死んだあとでも、おまえはまだ忘れてやろうとは思わんのかい？　彼が残したあの二人の妾が、後家を通すはずはない。おまえは今回は堂々と帰って行って喪に服し、喪主となったらいいんで、誰にも笑われたりはしない。男の子はおろか女の子も生んではいないが、彼には甥が大勢いるんだから、おまえがひとり選んで、養子にするんだ。大して財産が残っているわけではないが、あの家は名家なんだから、たとえおまえにご先祖様の廟の堂守をさせることはあっても、母と子二人を飢え死にさせるようなことはないさ」白流蘇は冷笑した。「三兄さんは何かとご心配くださるけど、残念ながら遅すぎる、離婚してもう七、八年になるのよ。お言葉ですが、あの時の法的手続きはいったい何だったというの？　うちらは法律でおままごとをしてたっていうわけ！」三旦那が答えた。「何かっていうと法律を持ち出すけどな、法律っていうのは、しょっちゅう変わるもの、しかし僕の言う天理人情、三綱五常[7]は変わらぬ

6　徐夫人。太太は名家の奥様の敬称。
7　儒教が説く君臣・父子・夫婦の三種の道徳と仁・義・礼・智・信の五種の道徳。

ものなんだ。おまえは生きては婚家の人であり、死んでは婚家の家霊なんであって、千丈の大樹でも、散る葉は根元に帰ると言うだろう」流蘇は立ち上がって言った。「その言葉、どうして七、八年前に言ってくれなかったの?」三旦那が答えた。「おまえが変に疑ってはいけないから——僕たちが戻ってくるのを迷惑がっているって」「えっ? 今では疑われないって安心してるの?」と流蘇が言った。「三兄さんが私のお金を全部使いきったんで、私には疑う必要がなくなったっていうわけ?」三旦那は流蘇を正面から見据えて問い質(ただ)した。「僕がおまえの金を使ったって? いくら使ったっていうんだ。おまえは僕たちの家に住んで、飲み食いしてるんで、それも以前ならまだ何とかなった、ひとり増えたら箸一膳を足すだけですんだが、今はこんなご時世だ、米の値段を知ってるか? 金のことは僕が言い出したんじゃないぞ、おまえが言い出したことだ」

四奥様が三旦那の背後から、笑いながら声をかけてきた。「肉親同士では、お金の話はしないもの。言い出すと、切りがないでしょう! 私は以前からうちの老四に話していたの——ねえ老四、三旦那にご意見したらって、兄弟で金(きん)や株に投資するのに、出戻りお嬢さまのお金を使っちゃいけない、縁起が悪いからって! あの人が嫁入り

する と、夫が放蕩を始める。実家に戻ると、見る見る実家が没落する——悪い星の下の生まれなのよ！」三旦那も応じた。「四奥様の言うとおり。僕たちがあの投資で、六小姐の仲間入りを断っていれば、惨敗なんてするはずがなかったんだ！」

　流蘇は怒りのあまり全身が震え出し、刺繡途中のスリッパの表をあごに当てた——震えるあごが今にも外れてしまいそうだったから。三旦那が続けた。「思い起こせばおまえが泣きながら帰ってきて、離婚したいと騒ぎ出したので、僕も気骨のある男だ、おまえがあの男にあんなに殴られているのを見て、耐えかねて、ポンと胸を叩いて立ち上がり、よっしゃ、この白老三は貧乏ながら、妹に食わせるくらいの飯には不自由していないって言ったんだ。おまえたちのような若夫婦に喧嘩はつきものだろう。実家に帰るったってせいぜい三、四年のこと、二人ともすぐによりを戻すだろうと思っていたんだ。二人が本気で一刀両断のつもりで別れると知っていたら、僕が離婚の手伝いをするわけないだろう。よその夫婦を別れさせるなんて、二人の子孫を絶やすことになる。この白老三だって息子のいる身、やっぱり息子たちに養ってもらうつもりなんだから！」怒りが頂点に達した流蘇は、却って声を立てて笑い出してしまった。

「あら、あら、みんな私が悪いのね、皆さんが貧乏なのも、私の食費のためなのね。

投資の失敗も、私が悪運をもたらしたから。息子さんが死んだら、それもせっかく積んできた陰徳[8]を私が損ねたからってことなのね！」四奥様はパッと息子の襟を掴むと、押し出して流蘇に頭突きを食らわせて叫んだ。「縁起でもないこと言って息子に呪いをかけたわね！　その言葉のせいで、息子が死んだら、落とし前をつけるからね！」流蘇はサッと避けると、四旦那を捕まえて言った。「四兄さん、ねえ、ねえ——誰が悪いの——言って」四旦那が言った。「慌てなさんな、ゆっくり話し合おう、みんなでジックリ考えよう。三兄さんが言うこともみんなおまえのためを思ってのことで……」流蘇は怒りのあまり手を離すと、そのまま奥の部屋に入っていった。

室内には灯りがなく、寒冷紗のカーテンの奥で、マホガニー製の大きなベッドに横たわり白い団扇（うちわ）を扇いでいる母の姿がぼんやりと見えるだけだった。流蘇はベッドの前まで行くと、両膝から力が抜けてしまい、跪（ひざまず）き、ベッドの縁に伏せて、泣きじゃくりながら「お母さん」と言った。白大奥様は耳はまだ聞こえるので、先ほどの広間での話は、すべて耳に入っていた。母はせき払いして、手を伸ばし枕元の小さな痰壺を取ると、ペッと吐き出してから、話し始めた。「四嫂（スーサオ）[9]は口うるさいから、あの人の相手になっちゃいけないよ。みんなそれぞれ苦しいんだ、四嫂は生まれつき気が強く、これまで家を切り盛りしてきたけど、あいにく四兄さんは意気地なしで、派手な芸者遊びや博打にハマってしまい、病気になっただけならまだしも、一族のお金を使い込んでしまって四嫂の顔は丸潰れ、家の切り盛りは三嫂（サンサオ）に譲らねばならず、胸の内の怒りは、確かに収まらないだろうよ。三嫂は気も回らない、この家を切り盛りするのは、容易なことではない。なんだかんだと、みんなそれぞれ辛いんだよ」流蘇は母からこんな話を聞かされて、どこまでも肝腎なことは避けている、慰めにもならないと思いながらも、黙っているしかなかった。白大奥様は寝返りを打って壁側を向くと再び話し始めた。「二、三年前に、農地を掻き集めて、売り払ったから、あと二、三年は食べて行ける。でも今では打つ手もなくなった。わたしは歳を取って、お迎えが来たら、すぐにお別れで、おまえたちの面倒は見られない。天下に終わらぬ宴（うたげ）なし、おまえもわたしと一緒にいられるのは、そんなに長いことではないんだ。やはりお戻り、それがいい。養子を貰って育てるんだ、十数年も辛抱しておれば、そのうち報われるこ

8　人に知られないようにひそかにする善行。隠れた、よい行い。
9　老四の嫁、という意味。

ともあるだろうよ」

と話しているところに、ドアのカーテンが揺れたので、白大奥様は「誰かね？」と尋ねた。四奥様が覗いて入ってきた。「お母さん、徐太太がまだ一階でお待ちでして、七妹(チーメイ)の縁談のことでご相談したいとのことです」

白大奥様は「それでは起きるとするから、電灯を点(つ)けとくれ」と言った。部屋の電灯が点くと、四奥様は、大奥様が身体を起こし、服を着てベッドから下りる手伝いをした。白大奥様は尋ねた。「徐太太のほうでは良い人が見つかったのかね？」「とっても良い方(かた)だそうですが、ただちょっと歳が上なのです」白大奥様はせき払いして言った。「宝絡(パオルオ)という子は、今年で二十四になる、わたしの悩みの種だよ。心配してもうまくいかず、人様には言われてしまう――実の娘じゃないものだから、わざと遅らせているなんてね！」四奥様が大奥様に手を貸して外の部屋に出ると、大奥様が言った。「わたしの部屋から新茶を持って来ておくれ、徐太太に淹(い)れてあげよう、緑のブリキの缶入りが伯母様が去年持って来て下さった龍井(ロンチン)[10]で、背の高い缶が碧螺春(ピールオチュン)[11]だから、間違えないでね」四奥様は承知しましたと頷きながら「お出ましよ！　灯りを点けて！」と叫んだ。数人の足音が聞こえたかと思うと、手足のがっしりした男の子たちが現れて、老メイドが大奥様を一階に下ろす手伝いをした。

ひとり奥の部屋で箪笥（たんす）や引き出しを開けて大奥様自室用のお茶を探していた四奥様が、突然笑いだした。「あら！　七妹、そんなところから出て来るから、びっくりするじゃない。変だと思ってたの、さっきは急にいなくなっちゃうんだもの！」宝絡がか細い声で答えた。「バルコニーで涼んでいたの」四奥様はケラケラ笑って言った。「照れちゃって！　あのね、七妹、近いうちにお嫁入りなんだから、何事にも気配りしなくっちゃ、あんな気紛れなことをしてたらダメよ。離婚ってそんなに簡単なことじゃあないの。離婚したけりゃ離婚したらいい、っていうのは無責任よ！　本当にそんなに簡単なら、四兄さんは役立たずなのに、なんでわたしが離婚しないのよ！　わたしにだって実家があるし、行くところがないわけではないの。でもこのご時世だから、実家の都合を考えなくてはならないでしょう。わたしにだって多少の人情があるから、そこはどうしたって考えるし、実家に頼って、親兄弟まで貧乏にさせちゃうこ

10　杭州市西湖一帯で穫れる緑茶。
11　江蘇省太湖一帯で穫れる緑茶。

となんてできないわ。わたしにはまだ多少は恥というものが分かってるのよ！」

白流蘇は母のベッドの前で寂しく跪（ひざまず）いていたが、この言葉を聴いて、手にした刺繍しかけのスリッパを固く胸元に押し付けたので、スリッパに刺した針が手に刺さったが、それでも痛みを感じなかった。「この家にはもう住めない……住めない」と小声で言った。その声は切れ切れの埃のように暗く漂っている。夢見心地で、顔がすっぽり埃の膜に包まれたように、茫然と前に倒れかかると、母に膝枕してもらっているような心地がして、ウッウッと泣きながら訴えた。「お母さん、お母さん、お願いだから公平に私のことも守って！」その母親は黙ったまま曖昧に笑うだけだった。彼女はすがりついた母親の足を、思いきり揺すりながら、泣き叫んだ。「お母さん！　お母さん！」何年も前、彼女がまだ十歳そこそこの頃、芝居見物から出て来ると、バケツをひっくり返したような大雨で、家族とはぐれてしまったことを、おぼろげながら思い出した。彼女がひとりぼっちで歩道に立ち、目を見開いて人を見ていると、人も目を見開いて彼女を見ている――雨に打たれた車窓の向こう、一つ一つ形のないガラスの覆いの向こうにいる無数の見知らぬ人。人はみな自らの小さな世界に閉じこもり、彼女が頭をぶつけて覆いを破ろうとしても破れない、そんな悪夢でも見ているかのようだった。背後に足音がしたので、母が来たのかと思った。そこで精一杯気を鎮めようとして、黙ったままでいた。彼女が救いを求める母親は本当の母親とは全くの別人だから。

その人がベッドに歩み寄って腰を掛け口を開くと、徐太太の声だった。徐太太は慰めてくれた。「六小姐、お辛いでしょうが、起きなさい、起きなさい、こんなに暑いんですし……」流蘇はベッドに手を突いてなんとか立ち上がった。「おば様、私は……私はここにはもういられません。前からみんなに嫌われていることは知っていました、ただ口には出さないだけって。今日という日は面と向かって大声で言われたんですから、これ以上どんな顔をして住んでいられるでしょうか！」徐太太は彼女の手を取ってベッドの縁に並んで掛けさせると、静かに話した。「あなたはまじめすぎるから、いじめられるの、お兄さんたちはあなたのお金を使い果たしてしまったわ！あなたの一生の面倒を見るのは当然のことよ」ようやくこんなまともな意見が聞けた流蘇は、それが真心か社交辞令かを考える余裕もなく、胸がカアーッと熱くなり、涙をボロボロ流しながら、言った。「私がぼんやりしてたんです。こんなはした金のために、家から出ようにも出られないなんて」徐太太が言った。「若いんだから、生きる手段がないなんて悲観することないわ」「生きる手段があるんでしたら、とっくに出てますよ。ろくに学校にも行ってないし、力仕事もできないのに、どんな仕事があるんですか？」と流蘇が言う。徐太太が諭すように答える。「仕事探しは、すべて仮のこと、やはり人探しが真のことなのよ」流蘇が言う。「それは無理でしょう、私の人生とっくに終わってますから」「そんなこと言えるのは、お金持ちだけ、衣食住に困らない人だけが、そう言う資格があるんです。お金のない人は、人生終わろうたって終われないんですよ。頭を剃って尼さんになって、托鉢しようたって、やっぱり俗世のご縁がものを言う——人からは離れられないのです」流蘇は俯いて口を噤んだ。徐太太がつけ加えた。「もう二、三年前に私に相談してくれたら、よかったんだけど」「そうですね、私はもう二十八ですから」と流蘇がほんの微かな笑みを浮かべた。徐太太が慰めた。「器量よしなんだから、二十八でも大丈夫、私も心がけておくから。そうは言ってもあなたも良くない、離婚して七、八年になるんだから、もっと早くに覚悟を決めて、実家を飛び出すべきで、そうしていればこんなにいじめられずに済んだでしょ！」流蘇が答えた。「おば様だってご存知の通り、うちのような家では、交際の場に出してくれないんですよ。家族に頼もうにもみんな絶対反対だし、たとえ賛成したとしても、私の下にはまだ結婚前の妹が二人いて、三兄さん四兄さんの娘たちだってドンドン大きくなるんですから、その娘たちの世話だけでも大忙しなの。私のことまで手が回りませんよ」

徐太太が笑った。「妹さんといえば、皆さんの返事を待っているところなの」「七妹のこと、うまくいきそうですか？」と流蘇が尋ねた。「ようやく目鼻がついたっていうところ。さっきは親子で相談してもらおうと思って、六小姐に会いに二階に行ってきますってわざわざ席を外したの。そろそろ戻らなくっちゃ。あなた、送って下さるかしら？」流蘇は仕方なく徐太太を支えて一階に下りたが、階段は古く、徐太太も太っているので、ギーギー音を立てた。広間に着いて、流蘇が電灯を点けようとすると、徐太太が言った。「点けなくていいわ、見えるから。皆さん東の間にいるわ。一緒にいらっしゃい、みんなで冗談でも言い合っていれば、さっきのことも水に流せるでしょう、さもないと、明日はギクシャクしちゃうわよ、食事の際には顔を合わせなくてはならないんだから」流蘇は「食事」という言葉を聞くと、胸がギュッと痛み、声が詰まってしまったが、無理に笑ってみせた。「おば様、ありがとうございます——でも今はちょっと体調がよくないので、顔は出せません。気が動転していて、軽はずみなことを言って面倒を起こすと、ご厚意を無にすることになってしまうので」徐太太は流蘇の頑なな思いを察し、仕方のないことと考え、自分でドアを押して中に入って行った。

ドアが閉まると、広間は暗くなり、ドアの上部にあるガラス格子から左右の部屋の黄色い灯りが差し込み、黒い煉瓦の床に落ちた。広間の壁沿いに書籍箱や、紫檀（したん）の衣裳箱が高々と積まれ、その上に緑の文字が刻まれているのがぼんやり見えた。中央の天然木の小机の上には、ガラス箱に納まった、琺瑯（ほうろう）製の機械時計が置かれており、本体はとっくに壊れ、長年停（と）まっている。両脇には赤い対聯が掛けられており、金色の「寿」の字と花柄の刺繍が輝き、花は一輪ずつ、墨痕淋漓（ぼっこんりんり）[12]と大書された一文字を載せている。ほのかな灯りの中で、一字一字が紙から遠く離れて、宙に浮かんでいるかのよう。流蘇には自分はまさに対聯の中の一字になって、フワフワと浮游（ふゆう）していると思われ、不安だった。白公館にはこのような神仙が住む場所があり、ここでぼんやり一日過ごすと、世間では千年が過ぎているのだ。しかしここで過ごす千年は、一日と変わりない――毎日同じく単調で退屈だから。流蘇は両腕を肩にまわして、自分の首を抱えこんだ。七、八年がアッという間に過ぎた。あなたは若いの？　二、三年後には老いてしまうけど、それでもいいの？　ここでは、青春は珍しくはない。彼らにあるのは青春――子供が次々と生み落とされ、新しかった輝く瞳、新しかった赤い唇、新しかった知恵、それが年々磨滅して、瞳は鈍くなり、人も鈍くなると、次の世代が生み落とされるのだ。こうしてこの世代は真紅に金色を散らした輝かしき背景に吸い取られて行くのであり、一点一点の淡い金は昔の人の怯(おび)えた目なのだ。

　流蘇は突然声を上げ、自分の目を覆うと、よろめきながら階段を登っていった……二階まで来ると、自分の部屋に入り、灯りを点け、姿見の前に立つと、しげしげと自分を見つめた。まあまあね、まだ歳はとっていない。彼女のような華奢(きゃしゃ)な身体は最も老いを隠すのだ――永遠に細い腰に、子供を思わせる蕾(つぼみ)のような乳房。彼女の顔は、以前は白磁のように白かったが、今では白磁から玉(ぎょく)[13]に変わっている――半ば透明で青みを帯びた玉。下あごは以前は丸かったが、最近では次第に鋭くなって、顔をますます小さく見せている――小さく愛らしく。顔は元々小作りだが、眉間(みけん)は広い。潤い

12　筆で書いたものが、生き生きとしてみずみずしいさま。
13　宝石のこと。主に翡翠(ひすい)を指す。

のある、可愛らしくもみずみずしい目。バルコニーでは、四旦那が再び胡弓を弾き始めたが、弾むようなメロディーに誘われて、流蘇は思わず首を傾げ、微かに流し目を送り、指先で舞いの所作をした。鏡に向かって舞ううちに、胡弓は胡弓の調べではなくなり、笙[14]や瑟[15]が奏でる幽玄な宮殿の舞曲に聞こえてきた。左に数歩歩んでは、右に数歩戻り、ワン・ステップ、ワン・ステップがすべて失われた古曲のリズムに乗っているかのようである。フッと彼女が笑った――暗い、ずるそうな笑いで、古曲はピタッと終わった。外では胡弓がなおも鳴っているが、胡弓が語るのは遥か昔の忠孝を尽くし節や義をたてる物語で、もはや彼女とは関係ない。

この時、四旦那がそこでひとり隠れて胡弓を弾いていたのは、一階の家族会議に口を挟む余地などないことを自覚していたからだ。徐太太が帰ると、白公館では持ち込まれた話に対し当然のことながらさまざまな考察が加えられた。徐太太は宝絡のために范という人との縁談を勧めてきたのであり、この人は最近、徐太太のお連れ合いと鉱山事業で密な関係にあり、徐太太は彼の家柄によく通じていて、絶対に信頼できるという。この范柳原という人の父は有名な華僑で、セイロンやマレーシアなどの各地に多くの資産を持っていた。范柳原は今年三十二歳、両親共に亡くなっている。

白家の人たちが、なぜこのような理想の夫が今もなお独身なのかと訊ねると、徐太太はこう答えた——范柳原がイギリスから帰国したとき、大勢の奥様たちが血相を変えて自分の娘を差し出し、無理やり押し付けようと、秘術を尽くして暗闘したので、大騒ぎになった。大歓待を受けた彼は増長し、以来女性を靴底の泥のように見下すようになってしまった。幼少時の特殊な環境により、彼の性格は元々変わっていた。両親の結ばれ方が尋常でなく、父が外国視察に出かけたとき、ロンドンで華僑社交界の華だった母と知り合い、二人は秘密裡に結婚した。だがその噂は本国の妻の耳に入った。本妻の報復を恐れた第二夫人は一度も中国に帰ろうとはせず、范柳原もイギリスで大きくなった。父が亡くなると、本妻には二人の娘がいたものの、范柳原は法律上の自分の身分を確定しようとして、容赦のない手段に訴えた。彼はひとりロンドンで貧しい暮らしを送り、大変苦しい時期を送ったのち、ようやく相続権を得たのだった。今

14　雅楽などで使う管楽器。フリーリード類に属する。同様の楽器が東アジア各地に見られる。中国名・ション（sheng）。

15　箏と同じ形の中国雅楽の弦楽器。

でも范家の人々は彼を仇のように思っており、このため彼は上海に住むことが多く、めったに広州の実家には帰らない。若い時の彼は周りの刺激を受けて次第に放蕩の道を歩み始め、飲む打つ買うと、何にでも手を出したが、家庭の幸福だけには関心を示さなかった。そこで白四奥様が言った。「こういう人は、きっと人のあら探しがお得意でしょう。うちの七妹は妾腹の子なので、バカにされないかと心配よ。こんないい人と親戚になれるというのに諦めるなんて、もったいないことだけど！」三旦那が言う。「彼自身も妾腹なんだ」四奥様が答えた。「でも相手はすごい人よ、うちの七番目みたいなおバカさんが、彼を捕まえとける？ その点、うちの長女のほうは頭がいい、見くびらないでよ、身体は小さくとも物事はよく分かっているの！」三奥様が異議を唱える。「でも歳が離れすぎてるんじゃない」四奥様が答えた。「あら！ ああいう人ほど若い娘が好きだってこと、知らないのね。上の娘がダメだったら、下の娘がいるわよ」三奥様が笑った。「あなたのところの下の娘は、范という人と二十歳も離れているのよ」四奥様はこっそり相手の袖を引っ張ると、顔を強張らせて言った。「三義姉さん、ボケすぎじゃない！ あんな小娘を庇っているけど、七妹は白家の何だって言うの？ 母親のお腹が違えば、大違いなのよ。お嫁に行ったら、私たちのことなんか忘れちまう。私はみんなのことを考えてこう言ってるのよ」しかし白大奥様は、母のいない七小姐を自分が虐待していると親戚から非難されるのをひたすら恐れて、本来の計画通り、徐太太に日取りを選んでお招きいただき、宝絡を范柳原に紹介してもらうことに決めた。

　徐太太は両面作戦を立てて、同時に流蘇にも税関で働く姜（チアン）さんという人を見つけてきて、何でも最近奥さんが五人の子供を残して亡くなり、急いで後妻さんを探している男だとのこと、但し徐太太は先ず宝絡のことに目鼻を付けて、それから流蘇にお見合いしてもらうつもりだという、それというのも范柳原がまもなくシンガポールへ行ってしまうからだ。白公館では流蘇の再婚をそもそも笑い話と考えて聞き流していたが、彼女を家から追い出すためには好都合、すべてを不問に付し、徐太太の物好きに任せようということになった。宝絡の見合いをめぐっては、一族あげての大騒ぎとなった。同じ娘でも、ひとりに対しては燃え上がり、ひとりに対しては冷ややかで、両者を比べると、実に見苦しい限りであった。白大奥様は一族全体の金銀宝石の飾り物を、ことごとく供出させて、宝絡の身に着けられるものはすべて身に着けさせた。三旦那の娘が誕生日に、義理の母親から頂いた絹布も、大奥様の命令で差し出されることとなり、これで宝絡の旗袍(チーパオ)[16]が作られた。大奥様自身が長年集めてきた品々には毛皮類が多く、暑い時期に毛皮を着せるわけにはいかないので、貂(てん)の皮の袷(あわせ)は質屋に預けざるを得ず、そのお金で数個の首飾りを流行の型に作り直した。真珠のイヤリング、翡翠(ひすい)のブレスレット、エメラルドの指輪は、言うまでもなく、宝絡の装いを華やかに飾り立てることだろう。

その日には、大奥様に三旦那、三奥様、四旦那、四奥様は当然のことながら宝絡に同行した。宝絡は四奥様の陰謀を伝え聞いて、心の内で怒っていたので、四奥様の二人の娘と共に晴れ舞台に出ることは頑として承知せず、とはいえこの姉妹に来るなとも言えず、必死になって流蘇を引っ張り出した。確かに差し回しの車一台に七人がぎゅう詰めになると、四奥様の娘の金枝(チンチー)と金蟬(チンチャン)は哀れにも淘汰されるのだ。一行は午後五時に出発し、夜の十一時になって帰宅した。金枝と金蟬は安眠できるはずもなかった。目を見開いて一行の帰りを待っていたのだが、誰もが口を閉ざして話そうとしない。宝絡は暗い顔をして大奥様のところに行くと、装飾品のすべてをサーッと外し、大奥様に返すと、無言のまま自室に戻ってしまった。金枝と金蟬は四奥様をバルコニーへ引っ張っていき、ねえねえどうだったのと追及する。四奥様は怒り出した。

「女の子がこんなことでどうすんの、自分の見合いじゃあるまいし、うるさいわよ！」三奥様も一緒に出て来て、穏やかに言った。「そういう言い方をすると、かえって気になるわよね！」四奥様は腹立ち紛れに流蘇の部屋に向かってわめいた。「私は、あてこすりを言ってるの、あの女に怒ってるの、それが何だっていうの？　千年も万年も男に会っちゃいないってわけじゃなし、男の匂いをかいだ途端に、色気づいちゃって、頭がおかしいんじゃない」金枝と金蟬はこんな風に怒鳴る四奥様にわけが分からなくなったが、三奥様があれこれと四奥様をなだめすかして、二人にこう話してくれた。「先ずみんなで映画を見たの」「映画？」金枝がふしぎそうに尋ねた。三奥様が続けた。「ほんとに変。人に会いに行ったのに、暗いところに座って、何も見えないんだから。後で徐太太が教えてくれたけど、これは范さんが決めたことで、悪巧みだったのよ。二、三時間も経つと、顔に汗をかくから、白粉が落ちる、そうすれば素顔をジックリと見られるというわけ。これは徐太太の勘繰りだけど。私は范さんという人

16　満州族の民族衣裳を民国期に女性用ワンピースに変化させたもので、いわゆるチャイナ・ドレス。

は最初から本気じゃなかったと思う。映画を見ようと言ったのは、うちらのお相手が面倒だったから。映画が終わったら、逃げようと思ってたんじゃない?」四奥様は我慢できず、口を挟んだ。「とんでもない、今日は、初めはとても順調で、わが家の人間が内から邪魔さえしなければ、七、八割はうまくいったのよ!」「三伯母さん、そのあとは? どうなったの?」金枝、金蟬が一斉に声を上げたので、三奥様が言った。「そのあと徐太太が彼を引き止めて、みんなでお食事にって誘ったの。すると范さんは僕がご招待します、と言ったわ」パシッと四奥様が手を叩いた。「食事というなら食事にすべし、うちの七小姐は踊れない、ダンスホールに行っても座ってるだけだと分かり切ってるのに、どういうこと? 誰が見ても、これは三兄さんが悪い、自分だってよく出歩いているくせに、范って人が運転手にダンスホール行きを命じた時に、止めようともしなかった」三奥様が慌てて言う。「上海はホテルだらけなんだから、どのホテルにはダンスホールがあり、どこにないかなんて分かるわけないでしょう。四旦那みたいに暇じゃないんだから、そんな調査をしている暇なんかないわよ!」金枝、金蟬はなおもこの続きを聞きたがったが、三奥様は四奥様に何度も話の腰を折られたので、興醒めしてこう言った。「そのあと食事をして、食事が終わると帰ってきたの」

金蟬が尋ねた。「その范柳原ってどんな人なの？」三奥様が答えた。「知るもんですか。話だって全部で二言三言しか聞いてないんだから」そしてしばらく考えてから「ダンスは上手だった！」金枝がエエーッと声を上げた。「誰と踊ったの？」四奥様がすかさず割り込む。「誰って、あの六叔母さんよ！　うちら良家では、ダンスなんて許されないけど、あの人だけは結婚後にろくでなしのお婿さんから教わっていたのよ！　なんていう恥知らず、誘われても、踊れませんって答えれば済むことでしょ？踊れなくっても恥じゃあないでしょ。三伯母さんでも、お母さんでも、みんな大家のお嬢様だから、この歳まで生きてきて、いろいろ世間を見てきたけど、踊れないわよ！」三奥様が溜め息をついた。「踊るのも一度くらいなら、相手の面子を立てたとも言えるけど、二度も三度も踊っちゃうんだから！」金枝、金蟬はここまで聞くと、ぎゃふんとなった。四奥様は再びあちらに向かってブツブツ悪態をついた。「良心のかけらもありゃしない、妹の縁談をぶち壊せば、話が自分に回ってくるとでも思ってんだったら、そんな考えはサッサと捨てな！　大勢のお嬢さんのどれもが気に入らなかったのに、あんたみたいな年増のバツイチを欲しがるわけないでしょう？」

流蘇と宝絡は同じ部屋に住んでおり、宝絡はすでにベッドに入って寝ていたものの、流蘇は床にしゃがみこみ、暗い中で蚊取り線香を探していたので、バルコニーの話ははっきりと聞こえていたが、今夜の彼女は落ち着きはらっており、マッチを擦ると、見る見る燃えて、真っ赤なごく小さな三角旗が、自ら作る風に揺れながら燃えて行き、指先に近付いたので、フッと吹き消すと、真っ赤な小さい旗竿の火だけが残り、その旗竿も燃え尽きて、灰白色の背を丸めた亡霊のように首を垂れた。彼女はマッチの焼け残りを灰皿に捨てた。今日の出来事は、わざとしでかしたわけではないのだが、いずれにせよ、あの連中に思い知らせてやったのだ。私の人生は終わってると思っているんでしょ？　まだ早いわ！　彼女は微笑（ほほえ）んでいた。宝絡は心の内で彼女に悪態をついているに違いない――四奥様よりもさらに口汚く。それでも彼女には分かっていた――宝絡は彼女を恨んではいるものの、同時に彼女を見直して、粛然と敬意の念を抱いていることを。女性とは、どんなに素敵でも、異性の愛を得られなくては、同性の敬意も得られぬものなのだ。女性にはそんな卑しさがあるのだ。

范柳原は本心から彼女のことがお気に召したのか？　そうとは思えない。彼が話しかけてきた言葉を、彼女はひと言も信じていなかった。女性に対しいい加減なことばかり言ってきたことが見て取れるので、用心せざるを得ない――自分は天涯孤独であり、頼れるのはこの自分だけなのだ。ベッドの枠に自分が脱いだ薄い水色の平織の旗袍(チーパオ)が掛かっていたので、彼女は身をよじって床に腰を下ろすと、旗袍の膝のあたりを掻き抱いて、丁寧に顔を擦り寄せた。蚊取り線香の緑煙がユラユラと立ち昇り、頭の中まで燻(いぶ)し続けている。彼女の目には、涙が光っていた。

数日後に、徐太太は再び白公館に姿を現した。四奥様はとっくに予言していたのだ。「うちの六叔母さんの大騒ぎのおかげで、七嬢ちゃんの縁談はご破算だよ。徐太太は怒っているに決まってる。徐太太は六叔母さんを不快に思っているんだから、人を紹介するはずがないだろう。これを、鶏は盗めず、餌米(えさまい)の分だけ損をする[17]、って言うのよ」徐太太は果たして以前のような親しげな態度とは打って変わって、遠回しに先ずはこの二日間なぜ来訪できなかったかを説明した。御主人が仕事で香港へ打ち合わせに行くのだが、もしもすべて順調に進めば、香港で家を借りて、半年か一年住む予定だから、彼と一緒に出かけるつもりで荷造りに忙しかったのだと。宝絡の一件は、范

17 「虻蜂取らず」を意味することわざ。

という人がすでに上海を離れたので、しばらくは置いておくしかない。流蘇のお相手の候補だった姜という人は、実は外に愛人を囲っており、別れてもらうにしても、面倒なことになりそうだ、ということを徐太太は探り出しており、この手の人間は信用が置けず、やはり打ち切りとしたほうが良いだろう。三奥様と四奥様はこの話を聞くと、互いに目配せしあって、ほくそ笑んだ。

徐太太は続けて眉間に皺を寄せて言った。「うちの人は、香港には友人が多くおりますが、残念ですが遠くの水では近場の火は消せません……六小姐があちらにお出かけ下されば、チャンスも多かろうと思います。この二、三年、香港の上海人といえば多士済々です。上海人はもちろん上海人が好きなんでして、同郷のお嬢さんたちはあちらではモテモテですって。六小姐がいらっしゃれば、お相手はきっとおりますよ。候補者は選り取りみどりでしょうよ」徐太太はなんと社交辞令がお上手なこと、とみなは感心してしまった。二日前には自信たっぷりに見合いを勧めていたというのに、突然幕が閉じられたものの、自分は退場できないものだから、とりあえずは言い逃れして、差し障りのない話をしておくというわけで、大奥様は溜め息をついて言った。「香港に行くと言っても、実際には容易なことでは——」意外にもこの言葉を徐太太がサッと遮った。「六小姐さえ承知してくださるなら、私に招待とさせてください、お見合いの件をお引き受けしたからには、とことんお世話致しますので」一同が顔を見合わせたばかりか、流蘇自身も呆気にとられてしまった。彼女が思うに、徐太太が当初進んでお見合い話を探すと言ってくれたのは、一時の正義感にかられてのこと、本心から彼女の境遇に同情してくれてのことだ。彼女のために駆けずりまわって伝手を探し、一席設けて例の姜という人から話を聴くということまでは、義理としてしてくれたのだろう。しかし旅費を出して彼女を香港まで連れ出すとなれば、桁違いの出費となる。どうして徐太太はお人好しにも彼女のために大金を出そうと言うのだろうか。この世に善人は多いとはいえ、お金の面でも善人になろうという阿呆はそう多くはない。徐太太には何か理由があるに違いなく、ことによるとあの范柳原のトリックではあるまいか。夫と范柳原とはビジネスで密接な関係があると徐太太が以前言っていたが、夫婦で范柳原に対し熱心に点数稼ぎをしているのだろう。関係のないひとりで困っている親戚を犠牲にして彼に取り入ろう、ということは考えられる。流蘇がその場であれこれ悩んでいると、白大奥様がこう言った。「とんでもない、そんなご迷惑をおかけするなんて――」すると徐太太はハハハッと笑って答えた。「いえいいえ、これくらいのことなら、私にもできますよ。それに、六小姐のお力添えにも期待しているのです。私は二人の男の子を抱えているところに、血圧が高く、過労は禁物なので、道中六小姐がいてくれますと、何かと面倒をみていただけます。身内と思って、いろいろお世話いただきたく思っておりますの」白大奥様は慌てて流蘇に代わって遠慮する。徐太太は流蘇のほうを振り向いて、単刀直入に訊ねる。「それじゃあ六小姐、きっとご一緒してくださるわね。ちょっとした気晴らし、としても悪くはないでしょ」流蘇は俯くと、微笑んだ。「ご親切、有り難く存じます」彼女はすばやく計算した——姜という人の一件は望みなし、今後縁談を持ってきてくれる人がいたとしても、この姜という人とよくて同等、それどころかさらに悪条件かもしれない。流蘇の父は名の知れたギャンブラーで、賭け事のために財産を使い果たし、家族を破産の道へと導くことになった人である。流蘇はトランプやらサイコロには触れたこともないが、彼女も賭け事は好きであり、自分の将来を元手に賭けに打って出ようと思った。もしも負けたら、彼女の名声は地に落ち、五人の子供の継母になる資格もなくなる。もしも賭けに勝ったら、一族の者が虎視眈々(こしたんたん)と狙っていた范柳原を得られるのであり、無念の思いを晴らすことができるのだ。

彼女が徐太太の申し出を受けることにしたところ、徐太太は一週間の内に出発したいと告げた。流蘇は旅装の準備に忙しくなった。財産など何もなく、整理すべきものも何もなかったが、それでも何日かは時間に追われて過ごした。細々したものを幾つか売り払い、何着か服を作った。徐太太は多忙ながら時間をひねり出して彼女の相談役になってくれた。徐太太がこんな風に流蘇を扱う様子を目の当たりにして、白公館の人々は流蘇にこれまでとは違う視線を投げ掛けるようになり、新たな関心を抱き始め、疑いの目にも、三分の恐れが混じるようになり、陰でコソコソ非難はしたとしても、面と向かって悪口を浴びせることはなくなり、たまに「六妹」「六叔母さん」「六小姐」と呼ぶことさえあったが、それは彼女が本当に香港のお金持ちに嫁入りして、故郷に錦を飾るような日に備えて、再会できるだけの余地は残すべく、あまり嫌われてはいけないからであった。

徐太太と徐氏とは子供連れで車を乗り付けて流蘇と共に港へ向かい、乗船したのはオランダ船の一等船室であった。船は小さく、激しく揺れたので、徐夫妻とも乗船するや寝込んでしまい、四六時中吐き続け、そのそばでは子供たちが泣き叫んでいるので、流蘇は何日も一家の面倒を熱心にみてあげた。やっとのことで船が岸に着くと、彼女もようやく甲板に出て海の景色を見ることができたのだが、それは焼け付くように暑い午後、一望した彼女の視線を真っ先に奪ったのは、波止場を囲む巨大な広告で、赤や、オレンジ、ピンクの色が青い海面に倒影を投げ掛け、一本一本、ひと塗りひと塗りの、互いに反発し合う色彩が、上下に踊りながら、海底で異常に激しく潰し合いを演じていた。流蘇は、この恐ろしげな都会では、同じくひっくり返ったとしても、ほかよりも痛いことだろうと思い、心は乱れに乱れた。突然誰か飛び込んで来て彼女の足に抱き付いたので、あやうく転ぶところだったが、驚いて、よく見ると徐太太の息子だったので、慌てて気を落ち着かせて、徐太太の手伝いに行きすべての荷造りをしたが、十ほどもある荷物と二人の子供は、どうやってもひとまとめにはできず、荷物が揃ったかと思うと、子供の姿が見当たらず、流蘇は疲れ果て、景色を眺めるのは諦めた。

上陸すると、車を二台呼んで、浅水湾（レパルスベイ）ホテルへ向かった。車は繁華街を抜け、山を越え、長いこと走ったが、その間は黄土の崖、赤土の崖が見えるばかり、崖の切れ目からは青々とした森が現れ、エメラルド・グリーンの海が現れた。浅水湾に近付くと、同じ崖と森でも、次第に明るい色に変じた。ピクニック帰りの人が多く、彼らの車とすれ違うと、どの車も花を満載しており、笑い声は風に吹き飛ばされていく。

ホテルの門前に着いたが、どこにもホテルは見えない。一同が車を下りて、広々とした石段を登り、草木もまばらな高台に着くと、さらに高いところにようやく二棟の黄色い建物が見えた。徐氏は前もって部屋を予約していたので、ボーイたちに案内されて、砕石の小道に沿って歩いていくと、薄暗い黄色の食堂に至り、薄暗い黄色の吹き抜けのホールを経て、二階に登り、角を曲がると小さなバルコニーに通じるドアがあり、バルコニーには藤棚が組まれていて、その半分が夕陽を浴びていた。二つの人影が立ち話をしており、見えるのは女ひとりだけ、一行に背を向けていて、豊かな緑の黒髪が踝（くるぶし）まで伸び、踝には飾り紐風の純金のアンクレットを着け、素足ながら、足元はサンダルを履いているのかどうかはよく分からなかったが、インド風の細めのズボンが見えていた。まもなく、この女性の陰に隠れていた男性が「やあ！　徐太太！」と声をあげ、こちらにやって来て、徐氏と徐太太に挨拶し、流蘇にも笑顔で頷（うなず）いた。流蘇が見たのは范柳原であり、もとよりこんな手も打つだろうとは予想していたものの、やはり激しい胸の高鳴りは禁じえない。バルコニーの女性は忽然と姿を消していた。柳原は一同と共に上階へ上がった。その間にもみなは異郷で旧知と出会ったかのように、絶えず楽しげにはしゃいでいる。范柳原は美男子とまでは言えないが、粗削りながらも、それなりの風格がある。徐夫妻はボーイたちに指示して荷物を運ばせていたので、柳原と流蘇は一家の前を歩くこととなり、笑みを浮かべて彼女がこう訊ねた。「范さんは、シンガポールにいらしたのでは？」柳原はさりげなく答える。「ここであなたをお待ちしていたんだ」思いがけないストレートな物言いであったが、流蘇がその意味を深追いするわけにいかなかったのは、彼女を香港に招いたのは徐太太ではなく彼なのだとズバリ言われて、自分でも引っ込みがつかなくなることを恐れたからであり、そこで今の言葉は冗談と受け流すことにして、彼に向かってただ微笑むだけにした。

柳原は彼女の部屋番号を尋ねて一三〇号だと聞くと、足を止め「着いた」と言った。ボーイが鍵を取り出しドアを開けると、部屋に入った流蘇は思わずそのまま窓辺に寄って行った――この部屋全体がダーク・イエローの額縁で、窓に一幅の大きな絵を嵌めこんでいるかのよう。逆巻く大海の波は、窓辺にまで飛沫を飛ばし、カーテンの縁を青く染めている。柳原がボーイに「荷物は戸棚の前に置いて」と言った。流蘇は彼の声が耳元で聞こえたので、思わず身震いして、振り返ってみると、ボーイはすでに下がっていたが、ドアは閉まってはいなかった。柳原は窓敷居に寄り掛かり、片方の手を伸ばして格子に置き、流蘇の視線を遮ると、その後は彼女に向かいただ微笑むばかりである。流蘇は俯いた。柳原が笑いながら言った。「知ってるかい？　君の特技は俯くこと」流蘇は顔を上げると笑みを浮かべた。「何ですって？　存じません」柳原が言う。「話すのが得意な人もいれば、笑うのが得意な人もいて、家事が得意な人もいるんだけど、君のお得意は俯くこと」流蘇が言った。「私は何もできません、全くの役立たずなんです」柳原が笑った。「役立たずの女性とはすごい、すごく強い女性だ」流蘇は笑いながら彼から離れた。「おしゃべりはこのくらいにして、お隣に行ってみませんか」すると柳原が言う。「隣って、僕の部屋それとも徐太太の部屋？」流蘇は再び身震いした。「隣にお泊まりなの？」柳原はすでにドアを開いていた。「僕の部屋は散らかっていて、お通しできない」

彼が一三一号のドアをノックすると、徐太太がドアを開けて二人を迎え入れ「お茶を召し上がれ、客間が付いておりますので」と言うと、ベルを押してお茶とお菓子を注文した。徐氏が寝室から出て来て言った。「朱(チュー)さんに電話したら、歓迎会をしたいっていうさいんだ、僕ら全員で香港ホテルに来てくれって。それも今日だよ」そうして柳原にも言った。「君もご招待されていますよ」徐太太が言った。「あなたって本当におかしいわね、何日も船酔いだったというのに、お休みにならなくっていいの？今日の夜は、やめておきましょう」柳原が笑って言った。「香港ホテルは僕の知るかぎり一番頑固なダンスホールですよ。建物も、ライトも、飾りつけも、バンドもすべて古い英国式で、四、五十年前には流行の最先端だったんだけど、今では大して刺激的ではない。実際に見るべきものは何もない――あのおかしなウェイターたちが、暑い日に、北方人[18]をまねて足首で縛ったズボンをはいていること以外はね」流蘇が訊ねた。「なぜです？」柳原は「中国趣味（シノワズリー）さ！」と言う。徐氏が笑いながら言った。「この土地に来たんだから、やはり見てみなくっちゃ。君も我慢してお付き合い下さいよ！」柳原も笑って答える。「確約はできないので、お待ちにならないで」流蘇には彼は乗り気でないように思えたが、徐氏もダンスホールの常連などではなく、珍しくこれほど積極的なのは、本気で自分に友人を紹介したいためかとも思われ、胸の内に再び疑惑が浮かんできた。

　ところがその日の夜、香港ホテルでの歓迎会に集まった人々は、カップルの老紳士老太太たちで、数人いた独身男性はみな二十歳前後の若者だった。流蘇が踊っていると、范柳原が突然現れ、パートナーチェンジを申し込んでほかの男性の手から彼女を受け取ったが、茘枝紅(ライチーレッド)［ライチの色のような暗紅色］の灯りの下では、彼の暗い顔はよく見えず、妙に黙りこんでいるのが気になった。流蘇は笑いながら尋ねた。「どうしてお話をしないの？」柳原も笑って答えた。「人前で言える話はすべて言ってしまったから」流蘇は吹き出してしまった。「陰でコソコソ何のお話があるの？」柳原が言った。「阿呆な話で、人に隠れて言いたいだけじゃなく、自分にも隠れて言うべき話。自分で聞いていても恥ずかしくて堪らない話。たとえば、愛してる、一生君を愛す、とか」流蘇は顔を背けて「悪い冗談！」と言った。柳原が答えた。「黙っていれば話さないと言って怒るし、話せばうるさいってお叱りになるんだ」流蘇は笑ってしまった。「お尋ねしてもいいかしら——どうして私がダンスホールに行くのを嫌がるの？」柳原は答える。「ふつうの男性は、女性に悪いことを教えこむのが好きないっぽうで、悪女を感化し、善人に変えることも好きなんだ。でも僕はそんな面倒な

18　地理学的には秦嶺(しんれい)・淮河(わいが)線で南北に区切られるが、淮河の南の長江を南北の境と考えることもある。

ことはしない。善人の女性はやはり誠実なままがいい」流蘇は流し目をくれながら言った。「自分はほかの人とは違うと考えてるの？　あなたもやっぱり自分勝手だと思うけど」柳原が笑って言った。「どんなふうに自分勝手なの？」流蘇は胸の内で考えていた。……あなたの最高の理想とは清く気高きこと氷玉の如くして、とても挑発的でもある女性。清く気高きこと氷玉の如し、は他人に対して。挑発的、は自分に対して。もしも私が完璧な善女だったら、あなたは目もくれないんでしょ！　……そして彼に向かって小首を傾げ笑いながら言った。「あなたは私に他人の前では善女で、あなたの前では悪女でいてほしいんでしょ」柳原はしばらく考えてから「分からん」と言った。流蘇は再び説明した。「あなたは私に、他人に対しては悪く、あなたに対してだけ良くしてほしいんでしょ」柳原が笑った。「なんでまぜっ返すんだい？　ますます分からなくなっちゃった！」そしてしばらく沈黙してからこう言った。「その言い方は間違っている」流蘇が笑った。「あら、分かったのね」柳原が言った。「君には善でもいい、悪でもいいから、変わってほしくない。君のような本当の中国女性には滅多に出会えるものではないんだよ」流蘇はかすかな溜め息をついた。「私はただの時代遅れなの」柳原が言う。「本当の中国女性は世界で一番美しいんだ、永遠に時代遅れになんてならない」流蘇が笑った。「あなたのようなモダンボーイが――」柳原が答える。「君の言うモダンボーイとは、ハイカラさんのことだろ。僕は確かに本当の中国人ではない。この数年でようやく少しずつ中国化してきたんだ。でもご存知の通り、中国化した外国人とは頑固になるもんで、昔の科挙の受験生より頑固なんだ」流蘇が笑う。「あなたも頑固、私も頑固。言ってましたね、香港ホテルも一番頑固なダンスホールだって……」二人が声を揃えて笑い出すと、折よく音楽がやんだ。柳原は彼女の手を取って席に戻ると、周囲の人たちに向かい笑いかけながら言った。「白小姐は頭痛気味なので、僕が先にお送りしますから」流蘇は予想もせぬこの一手に、一瞬どうしたものかと迷ったが、彼を困らせてもいけないとも思った――付きあい始めたばかりで、口喧嘩するほどの仲には至っていないのだから、彼にコートを着せてもらい、皆にお詫びを言うほか対応策もなく、彼と共にホールを離れるしかなかったのだ。

向こうから欧米紳士たちの一団がやって来て、彼らは星々が月に群がるように、ひとりの女性を囲んでいた。流蘇が先に気づいた――その人が豊かな緑の黒髪を大きく二つに分けて結び、高々と頭上に結い上げていることに。そのインド女性は、今回は洋装ではあったが、やはり濃厚なオリエンタル・カラーに身を包んでいた。黒い薄い絹のコートの下に、彼女は金魚黄（ゴールドフィッシュ・イエロー）の身体にピッタリの長く手先まで覆うドレスを着て、輝く爪の指先だけをのぞかせていた。襟もとは切り立った鋭角のV字に切りこまれて、ウェストに至り、それはパリのニュー・モード、「一線天（リーニュ・デュ・シエル）」の名で知られる。彼女の顔は小麦色の潤いのある肌で、金色の観音様のようだが、黒く深い大きな瞳には妖魔を隠していた。古典的な筋の通った鼻は、余りに鋭角、余りに薄い。ピンクの厚くて小さな唇は、腫れているかのよう。柳原は立ち止まると、彼女に向かい一礼した。流蘇がその場で彼女を見ると、彼女も昂然と流蘇を見ており、その誇り高き目は、数千里の彼方にあるかの如く、遠くからこちらを見ているのだ。柳原が紹介した。「こちらは白小姐。こちらはサーヘイイーニ王女」流蘇は思わず厳かな敬意を覚えた。サーヘイイーニは片手を伸ばすと、指先を流蘇の手に当てて、柳原に尋ねた。「こちらの白小姐も、上海からいらしたの？」柳原が頷いた。サーヘイイーニは微笑んで言った。「上海人らしからぬ方（かた）」柳原が笑いながら尋ねた。「どちらの方（かた）に見えます？」サーヘイイーニは人指し指を頬に当てて、しばらく考えていたが、両手の細い指を反らすと、あたかも言いたいことがあるのにうまく言えないというようすで、肩をそびやかして笑うと、中に入って行った。柳原は流蘇の腕を取ったまま歩いていたのだが、流蘇は英語は聞いても分からないので、場の雰囲気から察し、笑いながら言った。「私は田舎者だから」柳原が言った。「先ほど話したように、君は本当の中国人なんだから、当然のこと彼女がお馴染みの上海人とは異なるんだ」

二人が車に乗ると、柳原が再び言った。「彼女は偉そうにしているが、その手に乗ってはいけない。外では、自分はクリシュナ・カルンパ王の実の娘で、王妃が寵愛を失って死を命じられたので、彼女も追放され、帰国できないと言い触らしてはいる。実は、帰れないのは事実だけど、それ以外のことは証明できる人など誰もいないんだ」流蘇が尋ねた。「彼女は上海に行ったことあるの?」柳原が答えた。「上海でもとても有名だった。その後、イギリス人と一緒に香港にやって来たんだ。彼女の後ろにいた爺さんを見たかい? 今は彼に養われているんだ」流蘇が笑いながら言った。「あなたたち男性ってそうなのよ。本人の前では恭しくお相手してるのに、陰に回るとその女性には一文の価値もないって言うの。私のような貧乏遺臣[19]の娘は、身分も

19　前王朝に仕えていた旧臣。

彼女みたいに高くないから、ほかの人に私のことを、なんて話しているのやら、分かるもんですか！」柳原が笑って言った。「君たち二人の名前を誰が一緒くたにするもんか」流蘇は口をすぼめて言った。「彼女の名前が長ったらしいからでしょ。一緒だとひと息では言えないんだもの」柳原が答えた。「安心して。君の人柄にふさわしく、僕はお付き合いさせてもらいます、必ずそうするから」流蘇は安心したようすで、車窓にもたれて囁(ささや)いた。「本当？」彼の言葉が皮肉に聞こえなかったのは、二人だけでいるときの彼は、常に品が良く、君子の振る舞いであることに、彼女は次第に気づき始めていたからだ。陰ではこれほど温厚な彼が、なぜか人前では我が儘(まま)に振る舞う。それが彼の変人ぶりによるものなのか、それともほかに思うところがあってのことなのか、彼女にもまだ分からない。

浅水湾に着くと、彼は車から下りる流蘇の手を取りながら、車道脇の鬱蒼たる林を指して言った。「あの木を見てごらん、南方の特産だ。イギリス人は〝野火花(フレイム・オブ・ザ・フォレスト)〟と呼んでいる」流蘇が訊ねた。「赤いの？」柳原が答える。「赤い！」闇の中、彼女には赤い花は見えなかったが、それがこの上なく赤い花であることを直感した——どうしようもなく赤い花、そこここで咲き乱れる小さい花、天高くそびえる大木に巣をかけ、バラバラッと燃え続け、ひたすら燃えて、あの紫藍色の空も赤く染めてしまうのだ。彼女は天を仰いでいた。柳原が言う。「広東人は〝影の木〟と呼ぶんだけど、この葉を見てごらん」その葉は鳳尾草(いのもとそう)[20]に似て、風が吹くと、その軽やかな黒いシルエットがハラハラと震え、耳元で一連の小さな音符が音を立てるかのよう、でもメロディーとはならず、軒下の風鈴の音(ね)のように響く。

「あちらまで歩こう」という柳原の言葉に、流蘇は黙っていた。彼が歩くと、彼女もゆっくり後を追う。まだ宵の口、散歩する人も多いんだから……だいじょうぶよ。浅水湾ホテルからしばらく進むと、宙をまたいで橋が架かっており、橋の向こうは山、こちらは灰色の煉瓦を積んだ壁であり、こちら側の山を遮っている。柳原が壁に寄りかかったので、流蘇も壁に寄りかかり、ふと見上げると、壁はとてもとても高く、天辺(てっぺん)が見えない。壁は冷たく粗く、死の色だ。彼女の顔は、壁に寄せると、いちだんと際立ち、変貌を遂げた——赤い唇に、潤んだ瞳、血もあり、肉もあり、知的な顔立ち。柳原は彼女を見つめて言った。「この壁が、なぜか遥か遠い先のことを僕に考えさせ

20　イノモトソウ科の多年生常緑シダ植物。別名トリノアシ、井口辺草。

るんだ。……ある日、僕たちの文明がすべて破壊され、すべてが終わってしまう……焼かれ、爆破され、すべて崩れ落ちてしまっても、この壁だけは残っているかもしれない。流蘇、もしも僕たちがその時にこの壁の下で会ったなら……流蘇、君は僕に真心を見せてくれるかもしれない、僕も君に真心を見せてあげられるかもしれない」

流蘇は怒った。「自分の本心は見せないとお認めになるのはあなたの自由だけど、私まで一緒にしないで！　私がいつうそをついたと言うの？」柳原はプッと笑った。「確かに、君は誰よりも純真な人だ」「もういい、からかわないで！」と流蘇が言う。

柳原はしばし沈黙したのち、ため息をついた。流蘇が訊ねる。「何か心配ごとでもあるの？」「たっぷりとね」と柳原が答えた。流蘇は悲しげに言った。「あなたのように何でも自由になる人でも、悩みが多いんだったら、私のような者は、とっくに首吊りよ」柳原が言った。「君の辛さは分かっている。僕たちの周りの悪事、悪人を君はたっぷり見てきたんでしょう。でもね、君が初めて悪人どもを見たんだとしたら、きっともっと反発し、苦しんだと思う。僕がそうだった、中国に帰って来た時には、もう二十四だった。故郷に対し、僕はいろんな夢を見ていたんだ。僕がどれほどの失望を味わったか、君なら想像できるだろう。僕はこのショックに耐えられず、どうしようもなく堕落した。君が……もしも君が昔の僕を知っていたら、今の僕を許してくれると思う」流蘇は初めて四奥様に会ったときの自分を想像してみた。そして大声で叫んだ。「あなたのほうがましよ、初めての経験だったら、どんなにひどくても、汚くても、連中は外の人でしょ。外のことでしょ。そんな連中と長いこと一緒にいたら、どこまでがあの連中で、どこまでが自分自身かだって、分からなくなってしまう」柳原は沈黙し、しばらく後にようやく口を開いた。「君の言う通りかもしれない。僕の言い草は言いわけにすぎないのかもしれない——自分で自分を誤魔化(ごまか)しているんだ」そして突然笑い出した。「実は僕には言いわけなんかいらない！　僕は遊び人——これだけの金があり、時間があるんだから、言いわけなんて必要ないだろう？」彼はしばらく考えていたが、再びイライラして、彼女に訴えた。「自分でも自分のことが分からない——でも君には分かってほしい！　僕のことを分かってほしいんだ！」こう言いながらも、彼は胸の内ではとっくに絶望していたのだが、それでも諦めきれず、すがるような気持ちでもう一度訴えた。「君には分かってほしい！」

流蘇は分かってあげたいと思っていた。限定付きではあるにしても、何でも受け入れてあげたいと思っていた。小首をかしげて彼のほうを向くと、小声で「分かった。

分かったわ」と応じていた。そう慰めながらも、彼女はなぜか月光の下の自分の顔を思っていた――その愛らしい輪郭、眉と眼、それは情理を超えた美しさ、この世のものとは思えぬ美しさだったので、次第にうな垂れてしまった。柳原がワッハと笑い、ガラリと口調を変えて言った。「そうそう、お忘れなく、君の特技は俯くこと。でもこういう説もあるんだ――俯くことがお似合いなのはティーンエージャーの娘だけ。俯くのがお似合いの娘は、何かというと俯きたくなる。何年も俯いてると、首に皺ができてしまうんだって」ハッとした流蘇が、思わず手で首を触ったので、柳原が笑った。「慌てなさんな、君には皺なんてないから。あとで部屋に帰ったら、誰もいない時に、襟元のボタンを外してごらん、ひと目で分かるから」流蘇がこれには答えず、クルリと背を向け歩き出したので、柳原が追いかけて来て、また笑いかける。「君はなぜいつまでも美しいのか、その理由を言ってあげようか。サーヘイイーニが前に言ってたよ――自分が結婚しないのは、インドの女性は暇になると、家にいて、一日中座っているので、太ってしまうからなんだって。僕はこう言ってやった。中国の女性は、座っているだけ、太ろうともしない――太るのにも多少の精力が必要だからね。怠け者には怠け者の良さがあるのさ！」

流蘇が無視し続けても、彼はエスコートに細心の注意を払い続け、恭しい態度で、にこやかに話しかけていたので、ホテルに着く頃には、彼女の表情もさすがに和み、二人はそれぞれの部屋に落ち着いた。流蘇自身が思案するに、本来、范柳原はプラトニック・ラブを求めているのだ。彼女もこれには同感、なぜならプラトニック・ラブの結果は永遠なる結婚であり、肉体の愛はしばしばある段階に留まってしまい、結婚の希望は少ないからなのだが、プラトニック・ラブにも一つ欠点がある。それは恋愛中の女性には、しばしば男性の言葉が分からないこと。もっともそれは大した問題ではない。その後に結婚するとなれば、部屋を探し、家具を置き、使用人を雇う——こういった細かいことは、女性のほうが男性よりもずっと力を発揮するのだ。彼女はこう考えて、今日の小さな行き違いは忘れることにした。

翌日、徐太太の部屋が静まりかえっていたので、きっと朝寝坊をするのだろうと流蘇は考えた。ここの規則では、朝食をルーム・サービスで頼むと、別途支払いが生じ、さらにチップもあげなくてはならない、と徐太太が言っていたような気がしたため、節約に協力しようと思い、食堂で食事をすることにした。身だしなみを整えて、ドアを開けると、外で待ち受けていたボーイが、彼女を見るや、范柳原のドアの前まで行きノックした。柳原がすぐに出て来て、笑顔で言った。「一緒に食事に行こう」歩きながら、彼が尋ねる。「徐氏と徐太太はまだお目覚めではないのかな?」流蘇が笑って答えた。「昨日お二人は遊びすぎたんでしょう。お帰りになったようすが聞こえなかったので、きっと夜明け近くだったのでは」二人はレストランの屋外の回廊にあるテーブルを選んで腰掛けた。石の欄干の外側には棕櫚（しゅろ）の大木が生えており、細長く広がる葉は太陽の光の中で微かに揺れて、光の噴水のようだ。大木の根元にも噴水があるのだが、それほどには美しくはない。柳原が尋ねた。「徐太太たちは今日はどんな遊びをするんだろう?」流蘇が答えた。「部屋探しですって」柳原が言った。「二人が部屋探しなら、僕らは遊ぶとしよう。ビーチに行きたい、それとも市内に行ってみる?」流蘇が前日の午後に望遠鏡で近くのビーチを見たところ、お洒落（しゃれ）な男女が大勢おり、確かに稀に見る賑やかさではあったが、大胆な行動が目について、警戒心を抱かざるをえなかったので、市内に行きましょうと誘った。二人はホテルの特別仕立てのバスに駆け乗って、市の中心街へと赴いた。

　柳原は彼女を「大中華（ター・ツォン・ワー）」に連れて行った。流蘇の耳には、ボーイたちが話す上海語が飛び込んで来ただけでなく、周りのテーブルからも故郷の言葉が聞こえてくるので、思わずつぶやいた。「ここは上海料理屋さん？」柳原が笑った。「故郷が懐かしいんじゃない？」流蘇も笑って答えた。「でも……はるばる香港まで来て上海料理を食べるなんて、ちょっと阿呆みたい」柳原が言った。「君と一緒だと、いろんな阿呆をやりたくなるんだ。路面電車に乗って一往復するとか、二、三度見たことのある映画をまた見るとか……」「私の阿呆が伝染した、っていうことなの？」と流蘇が尋ねると、柳原が笑った。「お好きなように、何と考えても結構だから」

食事が終わると、柳原はグラスを取り、残っているお茶を一気に飲み乾すと高々とグラスを掲げ、ジィーッとこれを見つめている。流蘇が尋ねた。「何か面白いものが見えるの、私にも見せて」柳原が答えた。「光にあてて見ると、この中の風景がマレーの森に見えてくるんだ」グラスに残ったお茶を一方に傾けると、ガラスの上にくっついた緑のお茶の葉に斜めに光があたり、面白いことに、本物の芭蕉の木のように見えるのだ。底に溜まったお茶の葉は、ゴソッと堆積して、膝まで埋めてしまうジャングルの野草のよう。流蘇が顔に近づけて見ていると、柳原が身を乗り出して指差す。緑のグラス越しに、突然謎の微笑みを浮かべて彼女を見つめる彼の両眼に気づいた流蘇は、グラスを置いて、笑った。柳原が言う。「君のお供をしてマレーに行きたい」「何をしに？」と流蘇が尋ねると、柳原は「自然に帰るんだ」と答えたが、すぐに考えを変えた。「でもこれだけは想像できない――旗袍を着た君が森の中を駆けっこしている姿……旗袍を着ていない君も想像できないけど」流蘇は慌てて顔を伏せて「冗談はやめて」と言った。「真面目な話だよ。最初に会った時から、君は流行のノースリーブの裾長の服を着るべきではないと思ったんだけど、洋装もするべきではない。清朝風の旗袍だと少しはお似合いかもしれないけれど、線が硬すぎるかもしれない」と柳原が言うので、流蘇が言い返した。「どうせブスだから、何を着てもお目に適わないんでしょ」柳原が笑った。「誤解しないで、僕が言いたいのは、君はこの世の人には見えないってこと。色々なちょっとした仕種に、ロマンティックな雰囲気があるんだ――京劇を演じているような」流蘇は厳しい表情で、冷ややかに笑った。「京劇を演じるって、私ひとりではできません。ちょっとした仕種ですって……そんなことをするのも『迫られて梁山へ』[21]なんだから。誰かさんは私にわざとらしく振る舞って、私がわざとらしい振る舞いをしないと、私を阿呆扱いするのね、そうして私をいじめるの」柳原はこの言葉を聞いて、落ち込んでしまい、空のグラスを取って、ひと口飲もうとしたが、思い直して元に戻すと、ため息をついた。「そう、僕が悪いんだ。仮面を被るのに慣れてしまったんだ——みんなが僕に対して仮面を被っているから。君だけには、ちょっとだけ本当の話をしたんだけど、分かってはもらえなかった」「私はあなたのお腹の回虫じゃないのよ」と流蘇が言った。「そう、僕が悪いんだ。それでも君のためには何かと心を砕いてはきたよ。上海で初めて会った時、僕は思ったんだ——君も屋敷のあの人たちから離れれば、少しは自然になるのでは、って。君が香港にやって来るのを待ち焦がれていて……今では、マレーの森に君を連れて行きたくなった、原始人の森へ……」自嘲気味に語る彼の声は、かすれて途切れがち、言い終わらぬうちにボーイにお勘定の声を掛けた。払いが終わった時には、彼はふだんのようすに戻っており、上質な雰囲気を取り戻していた——例の香り高きエレガントさを。

彼は毎日彼女のお供をして各地に出かけ、あらゆる娯楽に興じた——映画、広東劇、賭博場、グロスター・ホテル、思豪酒店(ホテル・セシル)[22]、青い鳥コーヒー館、インド・シルク店、

21 『水滸伝』の一節で、正義の名将林沖(りんちゅう)が腐敗官僚に陥れられ、やむなく山賊の根拠地である梁山泊に身を投じる物語。

九龍(カオルーン)の四川料理……夜にはしばしば散歩に出かけて深夜に及んだが、彼女自身も信じられぬことに、彼は手に触れようともしなかった。彼が突然仮面を外し、不意討ちの襲撃を加えるのではないかと、常に恐れていたが、一日一日と時が過ぎ去る間、彼は君子然とした態度を変えることなく、彼女が大敵を迎えるかのように防衛していても、結局はなんの動きも見せなかった。当初は不安で、下り階段で一段踏み外したように、内心では激しく動揺していた彼女も、やがて慣れてしまった。

但し一度だけ、ビーチでのこと。その頃の流蘇は柳原のことがよく分かってきたので、ビーチへ行っても問題ないだろうと思い、ある日二人で出かけて行き午前をそこで過ごすことにして、砂の上に並んで座り、ひとりは東向き、ひとりは西向きになっていると、流蘇が蚊がいると騒いだ。柳原が言うには「それは蚊じゃない、小さな虫で砂蠅(シャーイン)と言い、咬(か)まれると、小さな赤い斑点ができるんだ」流蘇は重ねて愚痴った。「この陽差しには耐えられない」柳原が答えた。「少し焼いたら、日除け棚に入ろう、あの辺のを借りてあるから」渇いた太陽はドクドクと海水を吸い込み、口をすすぎ、吐き出し、ザーザーと音を立てるので、人体の水分はすべて飲み乾されてしまい、人は風にそよぐ金色の枯草となってしまう、フワフワ、フワフワと。流蘇は次第に奇妙なめまいと快感を覚え始めたものの、耐えきれずに再び叫び出した。「蚊がいる！」彼女は首を捩ると、露わになっている自分の背中を叩いた。柳原が笑った。「それじゃあ大変だ。僕が叩いてあげるから、君は僕の蚊を叩いて」流蘇は言われた通りに、彼の腕に止まった蚊に狙いを定めて叩くと「アッ、逃げられちゃった！」と叫んだ。柳原も蚊が彼女に止まらないか見張っている。二人はパチパチ叩き合いながら、笑い転げていた。ところが流蘇が突然不機嫌になり、立ち上がるとホテルに向かって歩き出したものの、柳原は今回はあとを追って来なかった。流蘇が木陰の中の、左右を葦簀に挟まれた石畳の小道にまで辿り着き、短いスカートの砂を払い落とし、振り返って見ると、柳原はなおも元の場所におり、仰向けに横たわって、両手を頭の下で組み、再びその場で太陽の夢を見ているかのように、乾からびた金色の枯草となっていた。流蘇がホテルに戻り、再び窓から望遠鏡で覗くと、その時には、彼のそばにはひとりの女性が横たわり、彼女は結った髪を頭の上に巻いていた。たとえサーヘイイーニが

22　雪廠街にあった高級ホテル、一九三〇年頃に前身のサボイ・ホテルをリニューアルして、オープンした。

焼かれて灰になったとしても、流蘇には彼女だと分かるのだ。

この日から柳原は終日サーヘイイーニと一緒にいるようになり、流蘇を冷たくあしらうことにしたらしい。お出かけが日課となっていた流蘇は、突然暇になってしまい、徐太太に聞かれても原因を話すわけにもいかず、風邪を引いたことにして、部屋の中で二、三日過ごすはめとなった。幸いにもお天道様もよくご存じで、長雨を降らせてくださったので、口実も増え、お出かけもせず済んだ。ある日の午後、彼女が傘を差しホテルの庭を一回りして戻ると、空がいよいよ暗くなってきたので、そろそろ徐太太たちが家探しから戻る頃だと思い、回廊の軒下で腰掛けて待つことに決め、明るい色の油紙を張った傘を開いて欄干に掛けると、顔が隠れた。その傘はピンクの地に、マラカイト・グリーンの蓮の葉が描かれており、水滴がポタポタと傘の骨の線に沿って流れ落ちている。雨は大降りだった。雨の中、自動車がパシャパシャと走る音が聞こえ、一群の男女がキャーキャーと押し合い圧し合いしながら階段を登って来ると、先頭を切っていたのが范柳原だった。サーヘイイーニは彼に手を取られて、とても慌てた様子で、裸足の脛には泥水がかかっている。彼女は大きな日除け帽を脱ぐと、パッと水を切った。柳原は流蘇の傘をひと目見ると、階段の登り口でサーヘイイーニに声をかけ、サーヘイイーニがひとりで二階に向かうと、近づいてきて、ハンカチを取り出ししきりに服や顔を拭き始めた。流蘇は彼にひと言挨拶しないわけにはいかなくなった。柳原は腰を下ろして尋ねた。「この二、三日、具合が良くなかったそうだけど？」流蘇が応じた。「風邪気味だったので」柳原が言う。「この天気はひどく蒸し暑いね。先ほど例のイギリス人のヨットでピクニックに出かけたんだ、青衣島（ツィンイー）までの船旅」これを受けて流蘇は、青衣島はどんな風景なんですかと聞いた。その最中にサーヘイイーニが再び下りてきて、すでにインドの装いに着換えた姿を現した——肩に羽織った淡黄色のショールは、床に届くほどに長く、ショールには六センチほどの幅で銀糸の縫い取りがしてあった。彼女も欄干に近い、遠くのテーブルを選んで座り、片手を手持ち無沙汰な様子で椅子の背に置いており、その指先には銀色のマニキュアが塗られている。流蘇は柳原に笑いかけた。「いらっしゃらないの？」柳原も笑った。「ご主人がいる人だからね」「あのイギリスの老人には、とても彼女は管理できないわ」と流蘇が言う。柳原が笑った。「彼には彼女を管理できないけど、君には僕を管理できる」流蘇はニッコリ笑う。「あら！　私が香港総督でも、香港の鎮守の神様でも、庶民は管理しても、あなただけは管理しきれないわ！」柳原は首を振りながら言った。「焼き餅を焼かない女性って、ちょっと病気なんじゃないか」流蘇はプッと笑ったが、しばらくすると、こう尋ねた。「私がどうするか観察してたの?」柳原も笑って応じた。「今後僕への待遇を改善してくれるかどうか観察するよ」流蘇が答えた。「待遇を良くしようが、悪くしようが、あなたは何とも感じないんでしょ」ポンッと柳原が手を拍(たた)いた。「やっとまともな台詞(せりふ)が聞けた! 今の口ぶりには三分の焼き餅が籠(こ)もっていたよ」流蘇は口を覆う手が間に合わぬまま声をあげて笑い出した。「あなたのような人は見たことないわ、何が何でも人に焼き餅を焼かせたいんだから」

二人はその場で仲直りして、夕食を共にすることにした。流蘇は表向きは彼と親しげにしていたが、心の内では悩んでいた。彼が彼女に焼き餅を焼かせるのは、挑発策にほかならず、彼女が自ら彼の胸の中に身を投じるように迫っているのだ。彼女は彼と深い仲にならぬように努めてきたというのに、これをきっかけに彼と良い仲になったりすれば、自らをむざむざと犠牲にするだけで、きっと彼は感謝するどころか、彼女が自分の策にはまったと思うだけだろう。夢にも彼が彼女を妻として迎えてくれるなどと考えてはならない。……明らかに、彼は彼女を必要としているが、彼女と結婚する気はない。しかし彼女の家は貧乏とはいえ、名家であり、家族はみな顔が広く、柳原にはそこを押して誘惑姦通の罪名を背負う覇気はない。そこで彼はフェアプレーの態度を取ることにしたのだ。彼の潔癖な振る舞いがまったくの偽りであることを、彼女は今や十分承知している。彼は常に責任逃れを考えているのだ。将来もしも捨てられても、彼女は誰も恨むわけにはいかない。

流蘇はここまで考えると、思わず歯ぎしりして、悔しさのあまり呻（うめ）いた。それでも体面を保つためにこれまで通り彼と適当に付き合うことにした。徐太太はすでに跑馬地（ハッピー・ヴァリー）に家を借りて、引っ越すところだった。流蘇はついて行きたかったが、ひと月以上も面倒をみてもらい、さらに一緒に住み続けるというのでは、いくら何でも申し訳ない。このような膠着状態を続けるのも、不都合だ。進退窮まり、ためらうばかりである。この日、深夜、彼女はベッドに入って長い時間が過ぎたが、寝返りを打ち続け、ようやくウトウトし始めたところで、ベッド脇の電話が突然大きな音で鳴り始めた。受話器を取ると、柳原の声で、「愛してる」と言ったきり切れてしまった。流蘇は胸がドキドキと高鳴り、受話器を握ったまま、しばらく茫然としていたが、そっと元の場所に戻すと、なんと受話器を置いた瞬間に、再び電話が鳴った。彼女がもう一度電話に出ると、柳原が受話器の向こうから聞いてきた。「君に聞くのを忘れてた――僕を愛してる？」流蘇は咳払いをしてから口を開いたが、声は掠れていた。彼女は小声で言った。「前から分かっているでしょ、私がなぜ香港まで来たのか」柳原が溜め息をついた。「前から分かってはいるけれど、明らかに事実であったとしても、僕には信じられない。流蘇、君は僕を愛してはいない」流蘇が言った。「なぜ愛していないと分かるの？」柳原は黙りこんでしまい、しばらくしてからようやく口を開いた。「『詩経』にこんな詩がある――」「そういうこと、私には分からないの」流蘇は急いで言った。「君に分からないことは分かっているんで、もしも分かるんだったら、話す必要もないんだ！　読むから聞いてて。『死生契闊――子と相悦び、子の手を執り、子と偕に老いんと』[23]僕の国語は丸っきりダメだから、こんな風に解釈していいのかどうか分からない。これは最も悲しい詩だと思う――生と死と別れとは、みな大事なことであり、僕たちにはコントロールできないんだ。外界の力と比べると、僕たち人間は、なんと小さいことだろうか。それなのにこう言い張るんだ。『君と永遠に一緒にいる。僕たちは一生涯別れたりはしない』――まるで僕たち自身で自分の運命を決められるかのように」

流蘇はジッと考えこんでしまったが、思わず怒りが込み上げてきた。「いっそ結婚しなければ終わりもない、と言ったらいいのに、回りくどい話をして、何が自分の運命は決められないなの？ 私のような古い人間だって、『初婚は親が決め、再婚は自分で決める』って言うのよ。あなたのような自由気ままな人が、自分の運命は決められないって言うなら、誰が決めるって言うの？」柳原が冷ややかに答えた。「君は僕を愛していないのに、どんな方法で運命を決められる、って言うんだい？」流蘇が言い返す。「本当に私を愛しているのなら、なぜそんなことが気になるの？」柳原が言う。「僕はそれほど阿呆じゃない、お金を使って僕を愛してもいない人を妻に迎え管理されるなんてことは真っ平だ。それではあまりに不公平だ。君にとっても不公平だ。そうそう、君にとってはどうでもいいのかもね。そもそも結婚とは長期の売春と思っているんだろ――」彼が言い終わらぬうちにガシャンと受話器を置いた流蘇の顔は、怒りのあまり真っ赤になっていた。ひどい侮辱、ひどい！ 彼女はベッドに座ってい

23 『詩経』邶風（はいふう）「撃鼓（げきこ）」の一句による。但し第二句「子と相悦び」は『詩経』の「子と説（ちか）を成せり」を言い換えたもの。『詩経』の本文の日本語訳は以下の通り。「死ぬも生きるも、遠くにはなれても、おまえとはっきりと約束した。おまえの手をにぎりしめながら『おまえと一緒にとも白髪まで』と」石川忠久著『詩経』（明徳出版社）を参照。

たが、燃え上がる闇が彼女を葡萄色の絨毯で包んでいる。全身汗まみれで、むず痒く、首と背中に触れる髪の先がひどくチクチクして、両手を頬に当てると、掌は氷のように冷たかった。

電話のベルが再び鳴った。彼女は受話器を取らず、鳴るに任せていた。「リリリーン……リリリーン……」波のように寄せてくる音は静まり返った部屋に、静まり返ったホテルに、静まり返った浅水湾に響き渡った。このままでは浅水湾ホテル全体が目を醒ましてしまう、と流蘇は突然気がついた。第一、徐太太がお隣なんだ。彼女は恐る恐る受話器を取ると、シーツの上に置いた。しかし周囲はとても静かなので、これほど離れていても、電話で穏やかに語る柳原の声が聴こえた。「流蘇、君の窓から月が見えるかな？」流蘇はなぜか自分でも分からぬままに、むせび泣いていた。涙で滲んだ目の中の月は大きくぼんやりとして、銀色で、縁が緑色に輝いている。柳原が言った。「こちらは、窓に藤の花が絡んでいて、半分は塞がっているんだ。薔薇かもしれないし、そうでないかもしれない」彼はそれ以上は話そうとしなかったが、電話はなおも繋がっている。長い長い時間が過ぎたので、流蘇は彼は寝ているのではと思ったが、相手側でついにプツンと音がして、静かに切れた。流蘇は震える手でシーツの上の受話器を取ると、電話台に戻した。彼が四度目をかけてくるのではと心配したが、かけてはこなかった。これはみな夢なのだ——思えば思うほど夢のよう。翌日の朝になって彼女が彼に何も聞けなかったのは、きっとからかわれると思ったからだ——「夢は心の想い」、彼女が切実に彼のことを思っているから、夢の中でも彼が電話してきて「愛してる」と言ったんだろう、と。彼の態度はふだんと何も変わりなかった。二人はいつものように一日かけて遊びに出かけた。不意に流蘇は二人を夫婦と思っている人がとても多いことに気づいた——ボーイたち、ホテルで彼女とあいさつを交わす数人の奥様、大奥様たち、彼らが誤解するのも無理はない。柳原は彼女の隣室に泊まり、いつも肩を並べて出入りし、夜更けにビーチへ散歩に行くのだから、そう思われても当然なのだ。あるメイドが乳母車を押しながらやって来て、流蘇に向かい「范太太」と挨拶したので、流蘇の顔は強張り、笑うわけにはいかず、笑わぬわけにもいかず、眉をひそめて柳原を横目で見ながら、小声で言った。「あの人たち何考えてるの！」柳原は笑った。「君を范太太と呼ぶ人については、そのままで結構、だけど君を白小姐と呼ぶ人たちこそ、何考えてるんだろうね」流蘇の顔色が変わった。柳原はあごの下を撫でながら楽しそうに言った。「この誤解を正解にしてよ」

流蘇は驚いて彼を見つめ、ハッとこれはなんとあくどい人かと悟ったのだ。彼は人前では故意になれなれしく振る舞い、彼女が二人の間には何の関係も生じていないことを証明しようにもそれができないようにしているのだ。この流れに乗せられたら、彼女は故郷に帰れず、親にも会えず、彼の愛人となるよりほかに進むべき道がなくなってしまう。しかし、彼女がもしも彼に調子を合わせてしまえば、これまでの苦労も水の泡、今後は挽回の可能性はなくなってしまうのだ。それだけは嫌だった。たとえ彼女が不本意ながら虚名を負わされたとしても、彼は口先の言葉だけで彼女を自分のものにしたにすぎない。でも最終的には、彼はまだ彼女を自分のものにしてはいないのだ。彼のものにならずにいれば、彼が彼女のもとにより良い和解案を持って、戻って来ることだってないとは言えない。

彼女が覚悟を決め、柳原に上海に帰りたいと告げると、柳原も引き止めはしなかったが、彼女を上海まで自ら送り届けたいと進んで申し出た。流蘇は答えた。「その必要はないわ。あなたはシンガポールにお出かけなんでしょ」柳原が言った。「どうせ遅れているんだから、もう少し遅らせたって構わない。上海でも処理しなくてはならないことがあるから」彼の策はやはり一貫しており、人々が、二人のことを話題にしなくなるのを恐れているのだ。人々が確実な証拠を以て語るほどに、流蘇は言い逃れがし難くなり、当然上海に安住できなくなるのだ。流蘇は計算した――もしも彼が上海まで送ってこなかったら、彼女の家の人々の前にすべては明らかになってしまう。彼女は必死の賭けに出て、彼に送ってもらうことにした。徐太太は熱々の仲だった彼らが、突然別れることになったので不思議に思い、流蘇に尋ね、柳原に尋ねたところ、二人は異口同音に誤解されるといけないからと答えるのだが、徐太太はとても納得がいかなかった。

船上では、二人が接触する機会は多かったが、柳原は浅水湾の月光に負けなかったのだから、デッキの月光にも負けたりはしなかった。彼は彼女に対しひと言も言質を与えない。彼の態度は淡々としていたが、流蘇には彼の余裕とは自惚(うぬぼ)れによる余裕であることが分かっていた――彼女をしっかり手中に収めたという自惚れだ。

上海に着くと、彼は彼女を家まで送ったが、自分は車から下りなかったのは、地獄耳の白公館の人々に、六小姐が香港で范柳原と同棲していることを察知されていたからだ。彼女が彼とひと月余りも遊んで暮らし、何事もなかったかのように帰って来るとは、明らかに故意に白家の顔に泥を塗ることである。

流蘇が范柳原と愛人関係を持ったのは、金目当てに決まっている。本当に金が手に入っていたら、こんなに地味な里帰りになるはずがなく、うまい汁が吸えなかったのは明らかである。本来、女性が男性に騙されたのであれば、死ぬべきである。女性が男性を騙したのであれば、それはさらに悪く淫婦である。もしも女性が男性を騙そうとして失敗し、逆に相手に騙されたのであれば、それは二重の姦淫であり、そんな女は切り殺す刀のほうが穢れてしまう。ふだんの白公館では、誰でもごま粒ほどの間違いをしただけで、囂々たる非難を浴びてしまう。だが本当にスキャンダラスな大逆無道を目の当たりにすると、旦那奥様連中は興奮の余り、却ってアーアーウーウー、しばらくは言葉が出なくなってしまうので、とりあえず「家の恥を外に広めぬこと」を申し合わせ、親戚友人を手分けして訪ねては、秘密を守ると誓いを立てさせ、その後親戚の友人一人一人に探りを入れて、彼らが知っているのかどうか、知っているのならどの程度か、を訊ねるのだ。最後にどうにも隠しきれないと知ると、スッパリ腹を割り、ぶっちゃけた話をして、膝を叩いて嘆いて見せるというわけである。彼らがこの種の手続きに手間取る間に、ひと秋が過ぎてしまい、いつまでも流蘇に対し断固たる行動に出ることはなかった。流蘇ももちろん覚悟していた——今回の出戻りが、昔の比ではないことを。彼女はこの家族とはとっくに縁を切ったつもりでいた。家を出てちょっとした仕事を探し、何とかかんとか生計を立てようと思わなかったわけではない。どんなに苦しくても、家でいじめられているよりはましである。しかしみっともない職に就くと、淑女の身分を失うことになる。どうというほどの身分ではないが、棄てるには惜しい。特に今はまだ、范柳原に望みがないわけではないのだから、自分で自分の値打ちを下げるわけにはいかず、さもないといよいよ彼女との結婚を拒否する口実を彼に与えてしまうことになる。だから彼女は何としても耐えねばならないのだ。

十一月末まで辛抱していると、果たして范柳原が香港から電報を打ってきた。その電報は、白公館の者全員に回覧された。しかるのち大奥様が流蘇を呼び出して、彼女に渡された。わずか数文字の文面だった。「香港ニ来テ。切符ハ通済隆（トーマス・クック）[24]ガ手配ズミ」大奥様は長い溜め息をついて言った。「来いと言うのだから、行きなさい！」自分はそんなに賤（いや）しいのか？彼女の目から涙がこぼれた。この涙で、突如として自制心が

24　「通済隆」はイギリスの旅行代理店トーマス・クック社の中国語名。

失われ、自分がもはや耐えきれないことが分かった。ひと秋で、彼女は二つも三つも歳を取った——でも老けこむわけにはいかない！　こうして再び家を出て香港に来た。今回は、とっくに前回のような楽しい冒険感覚を失い、失意に沈んでいた。もとより、誰でも負けを楽しむこともあるのだが、それは限られた範囲でのことである。彼女が純粋に范柳原の風采や魅力に征服されたというのなら、それはまた別の話だが、原因の中には家庭の圧力が混じっているのだ——最も辛い要素として。

范柳原は霧雨にかすむ埠頭まで迎えに来ていた。彼女の緑のガラスのようなレインコートは瓶のようだと言い、さらに「薬の瓶」と注を加えた。流蘇は弱々しい自分をからかっているのかと思ったが、彼はさらに耳元で言い足した。「君は僕を治してくれる薬」彼女は顔を赤らめ、彼を睨んだ。

彼は元の部屋を取ってくれていた。この日の夜、彼女が部屋に戻った時は、すでに二時だった。浴室で就寝の身仕度をして、灯りを消してから、この部屋の電灯のスイッチが枕元にあることを思い出し、仕方なく手探りで進んで行くと、床の革靴を踏んでしまい、危うく転んでしまうところで、靴が出しっ放しだった、と自分の迂闊さを責めていると、突然ベッドから笑い声が聞こえた。「驚いた？　僕の靴なんだ」流蘇は立ち止まって、訊ねた。「何のご用？」柳原が答えた。「君の窓から月を見たいと思っていたんだ。この部屋のほうが隣よりきれいに見えるから」……あの夜の電話は確かに彼がかけてきたのだ――夢ではなかった！　彼は彼女を愛している。なんてひどい人、愛していても、こんな扱いしかしてくれない。彼女は思わず情けなくなり、身を翻して化粧台の前に立った。十一月末のか細い月は、白く光るだけで、ガラス窓の霜の花のよう。それでも海面には月影が浮かび、窓に映じて、その淡い光が鏡を照らしている。流蘇はグズグズとヘア・ネットを外し、髪を梳いて、かき乱したので、カランコロンとカーラーが床に落ちた。彼女は再びヘア・ネットを被り、ネットの端を思い切り嚙むと、まなじりを決して、しゃがみこみ、カーラーを一つ一つ拾い始めた。柳原はすでに裸足で彼女の背後に立っており、片手を彼女の首に当てると、顔の向きを変えて、唇にキスをした。ヘア・ネットが床に滑り落ちた。これが彼によるファースト・キスだったが、二人共に初めてと思えなかったのは、幻想の中で幾度も起きていたことだからだ。以前の二人には多くのチャンスがあった――恰好の場、恰好のムード。彼もそう思ったし、彼女もその可能性を心配していた。しかし二人は互いにかけひきし合い、細かく計算しすぎて、これまで軽はずみなことは避けてきたのだ。今それが突然現実となったので、二人とも理性の箍が外れてしまった。流蘇はクルクル弧を描いて鏡に倒れかかり、肌着が冷たい鏡にきつく押し付けられるのを感じていた。彼の唇は片時も彼女の唇から離れることがなかった。彼がさらに彼女を鏡に押し付けたので、二人は鏡の中に転がりこむように、もう一つの暗い世界に行くと、冷たいものは冷たく、熱いものは熱く、野火花が、身体を焼き始めた。

翌日、彼は彼女に、一週間後にイギリスへ行くと告げた。彼女は自分も連れて行ってと頼んだが、それはできないと断られた。彼が提案したのは、彼女のために香港に家を一軒借り、そこで一年か半年ほど待っていれば、自分は帰ってくる、というものだった。彼女が上海に住みたいというのなら、それも良いだろう。もちろん彼女には上海に帰るつもりなどない。家の人たちとは、できる限り遠く離れていたい。ひとり香港に残るのは、寂しいといえば寂しい。しかし、もっと大きな問題は彼が戻って来たときに、状況に変化が生じないかどうか、この点がすべて彼次第であるということなのだ。一週間の愛で彼の心を繋ぎとめておけるだろうか？　しかし別の一面から見れば、柳原は気が短い人だが、こんなに急いで妻を娶り、すぐに離れ離れになってしまえば、彼には飽きる暇がなく、それは彼女にとって不利ではなかった。一週間はしばしば一年よりも懐かしく思い出される。……彼が情熱的な記憶を抱いて再び彼女のもとに戻ってきたとしても、彼女のほうが変わってしまっているかもしれない。三十近くの女性は、しばしば異常なほどにみずみずしいが、アッという間に枯れてしまうことがある。いずれにせよ、結婚という保証なしで長期にわたり男性を繋ぎとめておく、それは困難な技で、苦しいこと、ほとんど不可能なことなのだ。ああ、勝手にして！　柳原が愛すべき人であり、彼が自分に心地好い刺激を与えてくれることは確かだが、自分が彼と一緒になったのは詰まるところ経済的安定のためなのだ。この点に関しては、自分が安心してよいことは分かっているではないか。

二人連れでバビントン小道(パス)[25]の家を見に行ったところ、坂道に建つ一軒家であった。建物にペンキを塗ると、阿栗(アールッ)という名の広東人のメイドを雇った。家具を数点、至急必要なものを揃えると、柳原が出発する日となってしまった。ほかのものはすべて流蘇がゆっくり時間をかけて揃えることとなり、家ではまだ料理もできなかったので、冬の日の夕方、流蘇は彼を港まで見送った際に、船内の大食堂で簡単にサンドウィッ

25　Babington Path、香港島北部の太平山（ヴィクトリア・ピーク）中腹の香港大学東側にある。

チをつまんだ。流蘇はすっかり気落ちして、幾杯かグラスを重ねたので、帰る時には、ほろ酔い加減であった。帰宅すると、阿栗が台所で湯を沸かして、一緒に住みこんでいる子供の足洗いをしてあげていた。流蘇はひと渡り見て回り、一個所一個所、灯りをつけた。客間の戸や窓の緑のペンキはまだ乾いておらず、人差し指で触ってみてから、そのネバネバした指を壁に押し付けて、緑の指のあとをつけた。いけない？　法律違反とでも言うの？　これは自分の家なんだから！　彼女は笑い出し、思い切ってタンポポの花の色のような壁に鮮やかな緑の手形を押した。

彼女はフラフラと隣の部屋に行った。空き部屋、どの部屋もどの部屋も――空っぽの世界。自分が天井板まで飛んで行けそうな気がした。ガランとした床を歩くのは、ちり一つない天井板の上を歩くかのよう。部屋があまりにガランとしているので、電灯の光で満たさなくてはならない。光はなおも不足しており、明日になったらもっと明るい電球に変えなくては。

彼女は階段を登った。空っぽで気持ちいい――彼女にはぜひとも完璧な静寂が必要だったのだ。とても疲れていたのは、柳原の機嫌を取るのがしんどいせいで、それは彼が最初から変な性格だったからだ。真心で接すると、彼は彼女に対してはいよいよ変人ぶりを発揮し、何かというと不機嫌になった。彼のロンドン行きは、むしろ好都合、おかげでひと息つける。今の彼女は誰も必要としなかった――憎い人も、愛している人も、誰もいらない。小さい時から、彼女の世界は混み合っていた。押され、揉まれ、踏まれ、抱かれ、我慢させられ、老いも幼きも、どこも人だらけ。一家二十数人が、一軒に住んでおり、部屋で爪を切っていても誰かが窓の隙間から見ている。ようやく遠くへ脱け出して、この無人の境に辿り着いたのだ。もしも正式な范太太となったら、さまざまな責任を負わねばならず、人付き合いは避けられない。今の彼女は范柳原の愛人にすぎないのだから、表には出ず、人を避けるべきであり、人も彼女を避けるべきなのだ。静かなことは静かだが、残念ながら人よりほかに、彼女の関心をひくものは何もなかった。彼女がわずかに持っている、この本領を頼りにしてこそ、彼女は賢い嫁となり、良い母となれるのだ。この家では英雄に活躍のチャンスなし、というところ。「家事の切り盛り」といっても、そもそも切り盛りすべき家がないのだ。子供の世話といっても、そもそも柳原は子供はいらないと言っている。節約して暮らすといっても、お金の心配などない。これからの毎日をどう過ごせば良いのだろうか。徐太太とマージャンを打ち、芝居を見に行くのか？　そして次々に役者を愛人にし、アヘンを吸うという、お妾さんの道を歩むのか？　彼女は突然立ち止まると、胸を張り、両手を背後できつく絡ませた。そんなわけはない！　彼女はそんなくだらない人間ではない。自己管理だってできる。でも……狂ってしまわぬように自分を管理できるだろうか？　二階の品の字式の三室も、階下の品の字式の三室も、すべて点灯したので煌々と輝いている。ワックスをかけたばかりの床は、ピカピカと光っている。人影はない。どの部屋もどの部屋も、空しい叫びが響くばかり……流蘇はベッドに倒れ込んだが、消灯しなくてはとも思うものの、動けなかった。やがて阿栗が木のサンダルを突っ掛けて二階に上がり、パチパチと消灯するのを聞くと、ようやく緊張していた神経がほどけていった。

それは十二月七日であり、翌一九四一年十二月八日、砲声が轟いた。一発一発と鳴り響く間に、冬の朝霧が次第に晴れたので、山でも、谷でも、全島の住民が海を見渡して、「戦争だ、戦争が始まった」と言った。誰も信じられなかったが、ついに戦争が始まったのだ。流蘇はひとりバビントン小道に残されて、何も分からない。近所にようすを聞きに行った阿栗が血相を変えて戻って来て、彼女を正気にさせた——外ではすでに激戦状態に入っているのだ。バビントン小道の近くには科学実験館があり、屋上に高射砲が設置されているため、周囲に流れ弾が絶え間なく飛来し、「シュルシュルシュー……」と音がした後、「ドンッ」と地上に落下した。毎回「シュルシュルシュー……」という音が空気を裂き、神経を切り裂いた。ライト・ブルーの天幕が切れ切れに引き裂かれ、寒風の中でパタパタと揺れている。風の中では同時に無数の切断された神経の切れ端が揺れている。

流蘇は家も空っぽ、心も空っぽ、食料の買い置きはないので、お腹も空っぽだった。隙を突かれたので、恐怖の襲来はとりわけ強烈だった。跑馬地の徐家に電話をかけたが、何度かけても通じない——香港全体で電話のある人は誰もが話し中で、どの区域が安全かを問い合わせて、避難計画を立てているのだ。午後になってようやく電話が通じたものの、先方はベルがいくら鳴っても、誰も出ないので、きっと徐夫妻はすでに比較的安全な場所に大慌てで移動したのだろう。流蘇にはどうしてよいのやら見当もつかず、砲火はいよいよ激しくなってきた。付近の高射砲が飛行機の攻撃目標となったのだ。飛行機はブンブンと上空を旋回し、「ブーン……」と一回りすると再

26　品の字の形に並んだ三つの部屋。

び戻って来るが、「ブーン……」は歯科医の電気ドリルのように激痛を伴い、魂の奥深くまで侵すのだ。阿栗は泣き叫ぶ子供を抱いて客間の敷居の上に座っていたが、すでに正気を失っている様子で、身体を左右に揺らしながら、ブツブツと寝言のような歌を唱って、子供をあやしている。窓外で再び「ヒュルヒュルヒュルヒュー……」という音がすると、「ドンッ」と屋根の一角が吹き飛ばされて、砂礫がザーッと落ちてきた。阿栗は奇声を上げ、跳ね起きると、子供を抱え外に向かって駆け出した。流蘇は玄関で追いつき、肩を摑んで引き止めた。「どこに行くの？」阿栗が答えた。「こんなところにいられない！　うちは――うちはこの娘を連れて下水溝に行って隠れる」流蘇が言った。「バカなこと言わないで！　それじゃあ死にに行くようなものよ！」阿栗は叫び続ける。「放して！　うちにはこの子――この子しかいない――死なすわけにいかない……下水溝に隠れるんだ……」流蘇は必死で彼女を止めようとしたが、阿栗に押されて倒れてしまい、その隙に阿栗はドアから出て行った。まさにこの時、天地を揺るがす大爆発が起き、世界全体が真っ暗になり、比類なく巨大なトランクの蓋がバタンと閉まったかのように、数えきれぬ女たちの悲しみと恨みが、すべてその内に閉ざされた。

流蘇は死んだかと思ったが、まだ生きていた。目を開けると、一面ガラスの破片が飛び散り、床全体に太陽の光が広がっていた。彼女はもがいて起き上がり、阿栗を探しに行くと、阿栗はギュッと子供を抱いて、俯き、額を通路のセメント壁に当てて、ブルブル震えていた。流蘇が彼女を屋内まで引きずって行くと、外から、隣に爆弾が落ちて、庭に大きな穴が開いた、という大騒ぎが聞こえてきた。今回の大音声で、トランクの蓋がしまったが、なおも平静は得られない。続けてパンパンパンッと、トランクの蓋をハンマーで叩いているかのような音がして、いつまでも叩く音が続く。夜明けから夜更けまで、そして夜更けから夜明けまで。

流蘇は柳原のことも考えた――彼の船は出港しただろうか、撃沈されはしなかっただろうか。しかし彼のことはぼんやりとしか思い出せない、遥か昔のことのように。今現在のことは、彼女の過去とはなんの関わりもなく、ラジオから流れる歌のよう、歌の途中で、天候不順の影響で、ビリビリと雑音が入るけど、雑音が止んでも、歌はなおも続いており、ただ心配なのは雑音が止んだ時には、歌がもう終わっており、もう聴けない、というようなものだった。

翌日、流蘇は阿栗母子と缶に残っていた数個のビスケットを分けて食べたが、気持ちは次第に弱っていき、銃弾の断片が音を立てて空を切るたびにビンタを張られているような気がした。通りでゴトゴトと軍用トラックの音がしたかと思うと、意外にも門の前で止まった。呼び鈴が鳴ったので、流蘇が自分でドアを開けると、そこに柳原が立っており、彼女は彼の手を取ると、ギュッと腕を抱き締めた――阿栗が子供を抱き締めているように。身体が前に倒れ、頭が通路のセメント壁に当たった。柳原はもう一方の手で彼女の頭を受けとめ、急いで言った。「驚いたろう。もう大丈夫、落ち着いて。必要な品物を揃えたら、僕たちは浅水湾に行くんだ。早くして、早く！」流蘇はよろめきつつ家の中に戻りながら尋ねた。「浅水湾のほうは大丈夫なの？」柳原が答えた。「あそこには上陸しないだろうってみな言ってる。それにホテルでは食べ物に関しては心配ない、たっぷり備蓄しているから」流蘇が尋ねた。「あなたの船は……」柳原が答えた。「船は出なかった。一等船室の乗客は浅水湾ホテルに送られたんだ。本当は昨日のうちに迎えに来たかったんだが、車も呼べず、バスも混んでて乗れなかった。今日になってようやくこのトラックが調達できたんだ」流蘇はドキドキしてとても荷造りなどできなかったが、それでもいい加減に小さな包みを結んだ。柳原は阿栗に二カ月分の賃金を払って、留守番をするように命じ、二人でトラックに乗ったが、荷台で並んで俯せになり上に黄緑の防水帆布を被っていただけなので、道中揺れ続けて、肘や膝の皮がすり剝けてしまった。

柳原が嘆いた。「この爆撃で、たくさんの物語が尻尾まで吹き飛ばされてしまった！」流蘇も悲しく、しばらくしてようやくこう言った。「爆撃であなたが死んでいたら、私の物語は終わっていたはず。私が死んでいても、あなたの物語はまだまだ続くんでしょ」柳原が笑った。「君は僕のために後家を通すつもりだったのかい？」二人は共に神経が少しおかしくなっており、わけもなく、一緒に大笑いした。しかも笑い出すと止まらない。笑いが止むと、全身の震えが止まらなかった。

トラックは「ヒュルヒュルヒュル……」という流れ弾が飛び交う中を浅水湾に着いた。浅水湾ホテルの一階には軍隊が駐屯していたが、二人は期待通りに二階の馴染みの部屋に入ることができた。入ってみて、分かったことは、ホテルの貯蔵品は豊富ではあるが、すべて兵士たちの食用に転用されていたことだ。缶詰のミルク、牛や羊の肉、果物のほかにも、多くの麻袋入りの白いパンや黒パンがあった。だが客への配給は、毎食ソーダ・クラッカー二枚、あるいは角砂糖二個だったので、飢えのため皆は気息奄々となった。

初めの二、三日は浅水湾も平静だったが、その後情勢が突然一変し、次第に騒然としてきた。二階には掩蔽(えんぺい)施設[27]がないため、客たちは身の置き所がなく、一階に下りて、食堂に居続けることとなり、食堂ではガラス・ドアを全開にして、ドアの前に砂袋を積み上げ、イギリス兵がここに大炮(たいほう)を設置して砲撃した。湾内の軍艦は砲弾の発射された場所を探知して、必ず一発ごとに返礼してくる。棕櫚の木と噴水池とをはさんで、弾丸がビュンビュン飛び交う。柳原と流蘇はほかの人たちと同様にホールの壁に背をもたせかけていた。このほの暗い背景は古いペルシア絨毯に織り成された、さまざまな人物のようだった——貴族、姫君、文人、美女。絨毯は竹竿に掛けられて、風に吹かれて埃叩きでパンパンと力いっぱい叩かれて、その上の人々には逃げ場がなかった。砲弾がこちらに打ち込まれると、あちらに逃げ、あちらに打ち込まれると、こちらへと逃げた。やがて大ホールは砲弾で傷だらけとなり、壁も崩れ始めたので、逃げようもなくなり、あとは床に座って、天命を待つしかない。

流蘇はこの期(ご)に及んで、柳原と共にいることをむしろ悔やんでいた——ひとりで二つの身体を持つようなもの、二重の危険にさらされることになるからだ。銃弾は彼女に当たらなくとも、彼に当たるかも知れず、彼がもしも死んだら、大ケガをしたら、彼女の境遇はどんなことになるのか想像もできない。彼女がもしも負傷したら、彼の足手まといにならぬよう、自決しようと腹をくくった。死ぬにしても、ひとりぼっちでスッパリ死ぬようなわけにはいかないのだ。柳原もこんな風に考えているだろう、と彼女は思っていた。ほかの時にはともかく、この刹那、彼女には彼しかおらず、彼にも彼女しかいないのだ。

そして停戦。浅水湾ホテルに籠城していた男女の集団はゆっくりと市内に向かって歩いて行く。黄土の崖、赤土の崖を過ぎると、再び赤土の崖、黄土の崖で、道を間違え、グルリと元に戻ったかと疑うほど。だがそうではなく、以前の道路にはこんな砲撃による穴や穴に詰めた石などなかったのだ。柳原と流蘇はほとんど話をしなかった。以前の二人はちょっと車に乗る間でも、あれこれ話をしたものだったが、今は十数キロの道を歩いても、話もしないのだ。たまに話すことがあっても、半分も言うと、相手はその先が分かるので、続きを話す必要がなくなってしまう。柳原が「見てごらん、ビーチを」と言うと、流蘇が「そうね」と答えるのだ。ビーチにはズタズタに引き裂

27 入口や屋根が蔽(おお)われた場所。

かれた鉄条網が敷き詰められ、鉄条網の外側では、淡く白い海水が滾々と淡く黄色い砂を呑み込んでは吐き出していた。冬の晴天も淡いブルー。野火花の季節はすでに過ぎていた。流蘇が「あの壁は……」と言うと、柳原が「僕も見に行ってない」と答えた。流蘇は溜め息をついた。「もういいわ」柳原は歩いているうちに暑くなり、オーバーを脱いで腕に掛けたが、その腕も汗をかいていた。流蘇が言った。「あなたは暑がりだから、私が持ってあげる」以前の柳原であれば、こんな申し出は絶対に受け入れなかったが、今はそんな紳士の気風も失われ、彼女に持ってもらうのだった。さらに進むと、山は次第に高くなった。風が木に吹きつけているのか、それとも雲の影が移ってきたのか、青く黄色い山麓がだんだん暗くなってきた。よく見ると、風でも雲でもなく、太陽がゆっくりと山頂を横切っているため、山麓の半分が巨大な黒い影に覆われているのだ。山中では何軒かの家が焼けて、煙を上げていた——山陰「山の北側」の煙は白く、山陽「山の南側」の煙は黒かった——しかし太陽はひたすらゆっくりと山頂を横切っている。

家に着いて、鍵の掛かっていないドアを押すと、パタパタと羽音を立てて鳩の群れが飛び出してきた。ホールは埃と鳩の糞だらけ。流蘇は階段口まで行くと、思わず

「アイヨー」と叫んだ。彼女の新しい衣裳箱が二階からクネクネと大口を開けて横たわっており、さらに二箱が階段を落ち掛けて引っかかっていて、階段の昇り口は渦巻くシルクのドレスの中に沈んでいた。流蘇が腰を屈(かが)めて、浅黄白色のビロード製の旗袍を拾って見ると、自分のものではなく、汚れきっており、タバコの焦げ跡に安物香水の臭(にお)いが付いていた。ほかにも見知らぬ女性用の品や、破れた雑誌がたくさんあり、蓋を開けた茘枝(れいし)の缶詰にはたっぷりシロップが残っており、その女の衣類の山の中に紛れ込んでいた。この部屋には兵隊が駐屯していたのか？　——女連れのイギリス兵？　大慌てで立ち去ったようすだ。一軒一軒掠奪(りゃくだつ)して回った土地の貧民も、多くがこの家にはお出ましにならなかったらしい。さもなければ、この品々を残しておくはずがない。柳原が彼女に加勢して阿栗を呼んだ。最後の灰色の鳩が、斜めによぎると、ドアの黄色い陽光を掠(かす)めて、飛んで行った。

阿栗の行方は知れなかった。だが、家の主人たちは彼女がいなくても暮らしていかねばならない。二人は部屋の片付けはあとまわしにして、先ずは食べ物の買い出しに出かけることにし、大変な手間をかけ、高値で米を一袋買った。ガスは幸い止まっていなかったが、水道は出なかった。柳原はバケツを提げてヴィクトリア・ピークの湧き水を汲みに行き、ご飯を炊き始めた。その後の二人は毎日飲食と部屋の掃除に余念がなかった。柳原は力仕事をどれもよくこなし、掃き掃除に、床拭き、流蘇が重いシーツを絞るときにはその手伝いもした。流蘇にとって炊事は初めての経験だったが、故郷の味を出せた。柳原がマレー料理を懐かしがるので、彼女は「沙袋(サテ)」[28]の揚げものや、魚のカレーを覚えた。二人にとって食事はこれまでにない関心事となったが、それでもできる限り節約に努めた。柳原の手許の香港ドルは少ない上に、船があれば二人は何とかして上海に帰らなくてはならないのだ。

戦災後の香港に住み続けるのは長い目で見て得策ではない。昼はこのように忙しく過ごしたが、夜ともなると、この死んでしまった街には、灯りもなく、人声もなく、荒涼たる寒風が吹くだけで、それには三つの音階があり、「オー……アー……ウー……」と、いつまでも叫び続け、一つが止むと、ほかが始まり、並走する三匹の竜が、一直線に飛んで行き、竜の身体は限りなく伸びていくので、尾が見えないのだ。「オー……アー……ウー……」の叫びからはやがて、黒竜さえも消えて、一筋の虚無の気となり、真空の橋は、暗黒へと繋がり、虚空へと繋がっていた。そこではすべてが終わっていた。残された崩れかけの壁には、記憶力を失った文明人が黄昏(たそがれ)の中で、何かを探し求めるかのように、ヨロヨロと触りに来るのだが、実はすべてが終わっていたのだ。

流蘇は布団にくるまって座り、その悲しい風の音を聞いていた。浅水湾付近の、黒煉瓦のあの壁は、きっと以前と同様厳然と立っているものと、彼女は確信していた。風は止むと、三匹の黒い竜のように、壁に蜷局を巻き、月光を浴びた銀鱗を輝かせている。彼女が夢のように、再び壁の下に立つと、正面から柳原がやってくる、ついに柳原に会えるのだ。……この不穏な世の中にあって、金銭も不動産も、永遠不滅の一切が、頼りにならなくなった。頼りになるのは、彼女の胸の内のこの負けん気だけ、そして傍らで寝ているこの人だけなのだ。彼女は突然柳原に這い寄ると、彼の布団の上から、彼を抱き締めた。彼も布団から手を差し出して彼女の手を握りしめた。二人は互いに何もかも分かっていたのだ。一瞬だけの完璧なる理解、しかしこの一瞬は二人の仲睦まじき十年ほどの暮らしにも匹敵した。

28　サテ（satay）はマレーシア、インドネシアなど東南アジアの料理で羊肉・鶏肉・牛肉などの串焼き。「揚げもの」とあるのは張愛玲の記憶違いか？

彼は身勝手な男性にすぎず、彼女も身勝手な女性にすぎない。この戦乱の時代にあって、個人主義者は身の置きどころがないが、平凡な夫婦には何とか身の置きどころは見つかるのだ。

ある日、二人が街で食品を買っていると、サーヘイイーニ王女に出会った。サーヘイイーニはやつれた顔をして、ボサボサのお下げ髪を雑な三つ編みのあげまきにしており、どこから借りて来たのかゾロリと長い青い綿入れの上着を着ていたが、足には相変わらずインド風の各種の飾りものを嵌めこんだ皮製のサンダルを履いている。彼女は二人ととても親しげに握手をして、今はどこに住んでいるのか、新居を今すぐにでも訪ねたい、と言った。そして流蘇の買いもの籠の中の殻を剝いたカキに気づくと、蒸しカキのスープの作り方を教えてほしいと頼んだ。柳原が何のおもてなしもできませんが、と招待したので、彼女は大喜びで二人に付いて来た。連れ合いのイギリス人が収容所に入ったため、彼女は今は知り合いの、雑用をよくしてくれていたインド人巡査の家に住んでいる。いつもお腹をすかしている。彼女が流蘇を「白小姐」と呼ぶので、柳原が笑いながら言った。「妻なんです。祝福の言葉をくださいな」サーヘイイーニは驚いた。「ウソッ！　いつ結婚したの？」柳原は肩をそびやかした。「中国語新聞にご挨拶を載せたんです——戦時中の結婚というのは簡単に済ませるものでしょう……」流蘇には二人の話は分からない。サーヘイイーニが彼にキスをし彼女にもキスをした。それでも夕食はとても貧しいもので、しかも柳原は自分たちもカキのスープなんてめったに食べられないのだとしっかり説明した。その後サーヘイイーニは二度とやって来なかった。

その日二人が彼女を見送った後、流蘇がドアのところに立っていると、柳原が彼女の後ろに回り、手と手を重ねて、笑いかけてきた。「ねえ、僕たち、いつ結婚したんだっけ？」これを聞いた流蘇は、一言も答えず、俯いて、涙を流した。柳原は彼女の手を引っ張った。「さあ、今日こそ二人で新聞社に行きご挨拶を載せてもらおうよ——それとももう少し待って、上海に帰ってから、派手な大宴会を開いて、親戚たちをお招きしたいのかな？」「フンッ！　あんな連中！」と彼女は言いながら、プッと吹き出してしまい、その勢いで後ろに身を倒し、彼の胸に身体を預けた。柳原は手を伸ばすと彼女の顔をやさしくなでながら「今泣いたカラスがもう笑う」とからかった。

連れ立って街の中心へと歩いて行き、山道のうねうねしているところに差し掛かると、突然道が崩落しており、目の前はポッカリ——薄墨色の、しっとりとした空だった。小さな鉄のドアから琺瑯引きの看板が突き出しており、「趙祥慶歯科医院」と書かれている。看板の鉄の止め金に吹き付ける風がヒューヒューと音を立て、看板の向こうはあのポッカリとした空があるのみだった。

柳原は足を止めてしばし眺めていると、平常の中の恐怖を覚え、突然身震いしながら、流蘇に言った。「今なら君も信じるだろう。『死生を共にする』なんて、僕たちは自分では決められないんだ。砲撃の中で、どちらかが不幸にも——」「今になっても、まだ決められないって言うの！」流蘇が口をとがらせた。「逃げ出そうと言ってるんじゃない。僕が言わんとするのは——」と柳原が彼女の顔色をうかがい、「もう言わない、言わないから」と笑った。二人がさらに進むと、柳原が再び話し出した。「神の思しめしで、僕たちは本当に恋を始めたんだ！」「あなたはとっくに愛してるって言ってたけど」と流蘇が言うと、柳原は笑った。「それは違う。あの頃の二人は愛を語るのに忙しくて、恋する時間なんてなかったじゃないか」

結婚の広告が新聞に載ると、徐氏と徐太太がお祝いに駆け付けたので、流蘇は包囲されていた最中に二人が自分たちのことだけ考えて安全地帯に逃げてしまい、彼女の生死などお構いなかったことで、多少の不快感を抱いていたが、それでも笑顔で迎えざるを得なかった。柳原は遅ればせながら酒と料理を用意して、夫妻をもてなした。やがて香港・上海間の往来が復旧すると、二人は上海に戻ったのだった。

白公館に流蘇が一度しか帰らなかったのは、口うるさい人たちが多く、もめごとが起きるのを恐れたからだった。ところが何をしても面倒は避けられず、四奥様が四旦那と離婚してしまい、みなは陰で流蘇が悪いと決めつけていた。流蘇が離婚したのち再婚し、このような驚くべき成果を収めたからには、それをまねる者も出て来るというものだ。流蘇は灯りの下でしゃがみこみ、蚊取り線香に火を点けた。四奥様のことを思い出し、微笑んだ。

柳原が今では彼女を相手にふざけなくなったのは、自分の洒落た話はほかの女性に話すため取り置きしているからだった。それはおめでたいこと、彼女を完全に身内——正真正銘の妻と見ているということであるのだが、流蘇はやはり少し寂しかった。

香港の陥落が彼女の願いを成就してくれた。とはいえ理屈では説明できないこの世にあって、何が原因で、何が結果であると誰に分かろうか。彼女の願いを成就するために、一つの大都会が傾き滅んだのであろうか。何千何万の人が亡くなり、何千何万の人が苦しむ中、続いてやって来たのは天地を揺さぶる大改革……流蘇は自分が歴史において微妙な立場にあることに気づきもしなかった。彼女はただニコニコと笑うばかりで立ち上がると、蚊取り線香のお皿をテーブルの下まで足で押した。

伝奇物語の中の、国を傾け城を傾ける人とは大体がこのようなものなのだ。至る処すべて伝奇であるが、このようなめでたしめでたしで終わるとは限らない。胡弓はキィーキィーと鳴って、家々の灯りがともる夜、弓と弦とにより、語り尽くせぬ荒涼たる物語が語られる――何かと問うまでもなかろう！

戦場の香港——燼余録

私と香港との間にはすでに相当な距たりがある——海路数千里、二年の歳月、新しい事、新しい人。戦時下の香港で見聞したことは、ひたすらその切実にして、激烈な影響のために、当時の私はどうにも話せなかった。今は、どうにか心を落ち着かせると、この話題に触れても少なくとも舌がもつれてしまうようなことはなくなった。それでも香港戦争[1]が私に残した印象とは、ほとんど戦争とは関係のないことばかりなのだ。

私には歴史を書くつもりはなく、歴史家はどのような姿勢であるべきかを議論する資格もないのだが、秘かに彼らにはもっと関係のないことを話してほしいものだと願っている。現実というものには体系がなく、まるで七、八台の蓄音機が同時に唱い出し、めいめい勝手に自分の歌を唱って、混沌を作り出すようなもの。その不可解な喧騒の中には偶然にも透き徹った、人を泣かせ眼を輝かせるような一瞬があり、音楽のメロディーが聴きとれるものの、すぐさま暗黒に包まれ、わずかばかりの理解は沈められてしまうのだ。画家、文人、作曲家は断片的な、折よく発見した調和を繋げて、芸術的な完全性を作り出す。もしも歴史が過度に芸術的完全性に注意を払えば、それが小説となる。ウェルズの[2]『世界史概観』のような本に、正史の仲間入りが許されないのは、まさに余りに合理化されており、書いていることと言えば初めから終わりまで個人と社会との闘争であるからだ。

清浄にして確固たる宇宙観は、政治的にも哲学的にも厭わしい。人生のいわゆる「おもしろさ」とはすべて本題とは関係のないことにあるのだ。

香港で、私たちが最初に開戦の報せを聞いた時、宿舎のある女学生が焦って言うには「どうしよう、お似合いの服がないの！」彼女はお金持ちの華僑で、あらゆる社交の場に合わせて異なる装いをしていた――水上ダンスパーティーから厳かな晩餐会に至るまで、すべてに十分な準備をしていたが、戦争までは考えていなかったのだ。や

1 一九四一年十二月八日の太平洋戦争勃発時に、日本軍は真珠湾奇襲攻撃と同時にイギリス植民地の香港に猛攻を加え、二週間余りでイギリス軍を降伏させた。

2 ハーバート・ジョージ・ウェルズ（一八六六～一九四六）。イギリスの作家・評論家。SF小説『タイムマシン』『透明人間』などがある。

がて彼女はダブダブの綿袍を借りてきた——頭上をブンブン飛び回る空軍もこれならくっついてはこないだろうというわけ。難を逃れる際には、宿舎の学生は「各自明日に向かって走れ」であった。戦後再び出会った彼女はすでに髪を短く切って、男性風のフィリピン・カットにしていたが、それは香港でいっとき流行った髪型で、男性に化けられるからだった。

戦時中のめいめい異なる心理的反応は、確かに服装と関係していた。たとえば蘇雷珈。蘇雷珈はマレー半島の辺鄙な町の美女で、小柄ですらりとして、小麦色の肌、眠たげな眼とチラリと見える白い歯。修道院で教育された女の子によくあるタイプで、こちらが恥ずかしくなるほど天真爛漫だった。彼女は医学を専攻しており、医学部では人体解剖が必修で、解剖される遺体は服を着てるの着てないの？ と蘇雷珈はそこまで心配して、人に聞いたのだ。この笑い話で、彼女は大学で一躍有名になった。

爆弾が一発、私たちの宿舎の隣に落ちたので、舎監が皆に山から下りて避難せよと命じた。この急場においても蘇雷珈は彼女のきれいな服の荷造りを忘れることがなく、多くの常識ある人たちが繰り返し忠告したにもかかわらず、彼女はなおもあのやたらと大きなトランクを手放すことなく下山しようと苦労していたものだ。防衛隊に入り、赤十字会の支部で臨時看護婦となった蘇雷珈が、赤銅色の地に緑の糸で寿の字が縫い取られている艶やかな絹織物の綿入れの長い服を着て地べたに蹲り、薪を割って火を起こしていたのは、惜しい気もするけど、やはりそうするだけのことはあったのだ。あの全身きびきびした装束が彼女にこれまでにない自信を与えており、さもなくば、彼女は男性看護師に混じってあれほどしっかりとは仕事ができなかったことだろう。男性たちに混じって苦労し、危険を犯し、冗談を言い合っているうちに、彼女も次第に慣れてきて、言葉も多くなり、仕事ぶりもこなれてきた。戦争は彼女にとって得がたい教育であったのだ。

私たち大多数の学生といえば、その戦争に対する態度は喩えてみれば、硬い木の椅子に座って居眠りしているようなもの、気持ちは良くないし、ズッと恨み続けてはいるものの、結局はやはり寝ているのだ。せずに済むことは、せずに済ませたいもの、死線をさまよう、彩りたっぷりの浮沈

3　綿入れの長衣。長衣は丈の長い中国服で、ダブダブの場合、日本のどてら姿のように見える。

体験の最中でも、私たちは相変わらず私たちなのであり、何の変わりもなく、いつもの暮らしを型通りに繰り返していた。時にはちょっとした異常事態も生じたが、細かく分析すると、やはり一貫したスタイルだった。たとえば艾芙林(アイ・フーリン)。彼女は中国内地の出身で、百戦練磨、彼女自身に言わせれば、苦労に苦労を重ねてきたので、ショックや恐怖には慣れっこ、のはずだった。ところが近くの軍事要塞が爆撃された時には、真っ先に艾芙林が耐えきれず、ヒステリーを起こし、大声で泣き叫んで、恐ろしい戦争の話をしたので、周りの女学生はひとり残らず顔面蒼白となってしまった。

艾芙林の悲観主義は健康的悲観である。宿舎の備蓄食料が見る間になくなろうとしていても、艾芙林はふだんよりもずっと多く食べ、しかもみんなにもっと食べなくっちゃ、じきに食料はなくなるんだからと勧めるのだ。私たちもできるだけ節約しなくてはと考えなかったわけではなく、配給制度も試してみたのだが、彼女は何がなんでもこれを阻止し、一日中たらふく食べては隅っこに座って啜(すす)り泣き、そのあげく便秘になってしまった。

私たちが宿舎の最下層にある、真っ暗な箱型の部屋に集まっていると、機関銃の「タラララパパッ」という蓮の葉に当たる雨のような音だけが聞こえた。流れ弾(だま)を恐れて、メイドは窓際の明るいところで野菜を洗おうとはしなかったので、野菜スープの中には虫がウヨウヨしていた。

クラスメートの中で炎桜（イエン・イン）[4]だけは大胆で、命懸けで都心まで映画を見に行ったり——見て来たのはカラーのアニメ映画——宿舎に戻ってからはひとりで二階のお風呂に入り、流れ弾に浴室のガラス窓が破られても、彼女はバスタブの中でゆうゆうとパチャパチャ水音を立てながら歌を唱っていたので、舎監がこの歌声を聞き付けて、かんかんに怒ってしまった。彼女が見せる余裕は恐れおののく周囲の人たちをからかっているかのようだった。

港大[5]が公務を停止すると、他郷の学生は宿舎から出されてしまい、家にも帰れず、食住問題解決のためには、都市防衛工作に参加せざるを得なかった。私が大勢のクラスメートと防空本部へ登録に行き、登録を終え記章を受領して外に出るや空襲に遭遇

4　スリランカ人ファティマの中国名で張愛玲の親友、張の第一作品集『伝奇』のカバーデザイナー（一九二〇〜一九九七）。
5　香港大学の略称。

した。私たちは路面電車から飛び降りると歩道に向かって走り、門の中のアーケードの下で縮こまっていたが、胸の内ではこれで防空団員の責任を果たしているのだろうかと疑問を抱いた――そもそも防空団員の責任とは何か、私にはまだよく分からないうちに、戦闘は終わってしまったのだが。アーケードの下で押し合いへし合いしていたのは、樟脳(しょうのう)の匂いを漂わす、着ぶくれした冬服の人たち。頭越しに遠くを見ると、澄み切ったライト・ブルーの空。空っぽの電車一両が大通りのまん中で停(と)まっており、電車の外は、淡々と照り付ける太陽、電車の中も、やはり太陽――しかしこの電車には原始的な荒涼感があった。

私はとても辛かった――見知らぬ人たちに混じって死んでしまうの？　でも、自分の家族と一緒に死んで、一家の骨肉がグチャグチャになったからって、何かいいことあるの？　「伏せろ！　伏せろ！」大声で命令する人がいた。しゃがみこもうにもそんな隙間がどこにあるっていうの？　それでも私たちは次々と前の人の背中に額を当てて、ともかくもしゃがみこんだ。飛行機が急降下すると、ポーンと一発、頭上で響いた。防空団員のヘルメットで顔を覆うと、長いこと真っ暗になったが、それでも誰も死んでいないと気付く――爆弾は通りの向かい側に落ちたのだ。太腿にケガをした若い店員が運び込まれて、ズボンの裾を巻き上げると、僅かに血が流れている。彼が愉快そうにしているのは、群衆の注目の的となっていたからだ。アーケードの門の外側では、最初は門を叩いても開けてもらえなかった人たちが、今やさらに激昂して、口々に怒鳴っている。「門を開けるんだ、ケガ人がいるんだ！　開けろ！　開けろ！」内側では開けようもないのは、こちらもさまざまな人が入り混じり、何が起きても不思議ではないからだ。外では怒りのあまり「人でなし」と罵倒する。ついに門が開き、大勢の人がドッと雪崩れ込んできたので、奥様方数人とメイドたちは顔をこわばらせて声も出せず、アーケードの中のトランクが、それから幾つなくなったものやら、知るよしもない。飛行機はなおも爆撃を続けていたが、次第に遠ざかって行った。警報解除後、人々が命知らずにも電車に押し掛けたのは、乗り遅れて切符一枚が無効になるのをひたすら恐れたからだ。

私たちは歴史学のフランシス教授が銃殺されたと報された——味方に打ち殺されたのだ。ほかのイギリス人と同様に、教授も軍隊に召集された。その日の彼は日没後に兵営に戻り、おそらく何ごとか思索に耽っていたのだろう、歩哨の大きな喚び声も耳に入らず、それで歩哨は発砲した。

フランシスは大らかな人柄で、徹底的に中国化されており、漢字も上手に書き（もっとも筆順はよく分かっていなかったが）、愛飲家であり、中国人教授たちと広州に遊んだ時も、あまり評判のよくない尼寺まで若い尼さんに会いに行ったことがある。人煙稀なるところに三棟の家を建てたが、一棟は養豚専用だった。家に電気も水道も引かないのは、物質文明には賛成していなかったからだ。しかし自動車は一台持っており、とんでもないオンボロで、ボーイが市場に買い物に行くためのものだった。

彼は子供のような血色のよい顔に、青く澄んだ眼、長くて丸い顎、髪はすでに薄く、くすんだ藍色の南京緞子を首に結んでネクタイとしていた。講義の際には煙突さながらにタバコを吸う。話す時でも、唇には永遠に危なげにタバコをくわえ、シーソーのように上下させるが、一度も落としたことがなかった。吸い殻は窓からポイ捨てなので、女学生のフワフワしたカール・ヘアーの上を飛びこして行き、着火の危険性が大であった。

彼の歴史研究は独自の見地に立っていた。お役所言葉も彼が皮肉っぽく読み上げると、とてもおかしく、私たちは彼から歴史に対する親近感と要を得た世界観とを学んだし、もっともっと学べることがあっただろうが、しかし先生は死んでしまった——

それも最も無意味な死に方で。第一に、国のために命を献げたわけではない。たとえ「名誉の殉国」だとしても、何になるの？　彼はイギリスの植民地政策に対しあまり共鳴しておらず、しかしいい加減な態度であったのは、世界にはそのほかにも阿呆らしいことがあるからだろう。義勇軍の演習があるたびに、彼はいつも間延びした声で通告したものだ。「学生諸君、来週月曜日にお目にかかれなくなりましたのは、武芸の稽古に行かねばならんからであります」まさか「武芸の稽古」が命取りになろうとは——ひとりの良き師、ひとりの善人の命取りに。人類の浪費……

　包囲された都市におけるさまざまな組織の腐敗と混乱については、すでに多くの人から聞かされている。政府の冷蔵室では、冷気管が故障して、山と積まれた牛肉が、目の前で腐っていっても、これを運び出すことは認められなかった。防衛工作の人たちには米と大豆しか配給されず、油もなければ、燃料もなかった。各地の防空機関は燃料や食料を奪い合い、何とか部下に食べさせるのに忙しく、どうして爆弾の相手をする暇があろうか？　二日続けて私は何も食べられず、フワフワと勤務に就いていた。もちろん、私のような職責を果たさぬ者には、多少の苦労があっても仕方のないこと。砲火の下で私は『官場現形記』[6]を読み終えた。小さい頃に読んでいたが何がおもしろいのか分からず、もう一度読みたいとずっと思っていた本で、読みながら、読み終えることが許されるだろうかと心配だった。字がとても小さく、明かりも十分ではなかったが、爆弾が落ちてきたら、眼が良くたって何になるの？——「皮これ存せざれば、毛将焉くに附かん」[7]でしょ？

香港包囲の十八日間、誰もが早朝四時の耐えがたさを感じていた——寒さに身震いする夜明け、すべてがぼんやりとして、縮こまり、頼りにならない。家には帰れず、帰る時には、家はもはや存在していないかもしれない。建物は壊れるもの、お金はアッという間に紙屑になるもの、人は死ぬもの、自分だって朝に夕べを謀らずだ。[8]唐詩に「悽悽として親愛を去り、泛泛として烟霧に入る」[9]とあるものの、それはこちらの何の手掛かりもない空虚と絶望とはやはり異なる。人はこれには耐えられず、焦って確かなものに縋り付きたく、そうして結婚するのだ。

あるカップルが私たちの事務室にやって来て、防空団所長から車を借りて結婚証書受領に行こうとした。男性は医者で、平時なら「眉目秀麗」の男子とは言えなかったが、花嫁を眺め続けているその眼は、悲しみに近い恋情に満ちていた。花嫁は看護婦で、小柄で美しく、紅の頬は喜びに溢れており、ウェディング・ドレスが調達できなかったので、ライト・グリーンの絹の長袍［袷(あわせ)の長衣］を着ているだけで、この服には暗緑色のフリルがふち取りされていた。二人は何度もやって来て、待つとなると何時間でも待っており、黙したまま向かい合って座り、見つめ合い、我慢しきれずに満面に笑みを浮かべるものだから、私たちみんなもつい笑ってしまった。思いがけない確かな楽しみをもたらしてくれた二人に感謝しなくては。

結局戦闘は終わった。突然終わったものだから、なかなか適応できず、却って平和に人の心は乱れた——お酒に酔ったかのように。青空を舞う飛行機を見て、これを見

6　李宝嘉（筆名、南亭亭長）作の長篇で清末四大小説の一つ。義和団事件（一九〇〇）後の腐敗した官界を描く。

7　命あっての物種。『春秋左氏伝』「僖公一四年」に次の言葉がある。「皮これ存(そん)せざれば、毛将(けはたいず)安くに傅(つ)かん」（皮が無ければ毛の着くところが無い）諸橋轍次著『大漢和辞典』による。

8　事情が切迫していて先のことは予測できない。

9　唐を代表する自然詩人の韋応物(いおうぶつ)（七三五頃〜七九〇頃）の詩「初めて揚子を発(た)ち元大校書に寄す」の第一、二句で、烟霧に包まれた波止場から旅立つ作者の兄や友人たちとの別れの切なさを述べている。

上げて観賞していても頭上に爆弾が落ちて来ることはないと分かると、そのことだけで飛行機がカワイイと思えるものだ。冬の樹木、薄く寂しげで淡く黄色い雲、水道管から流れ出る清水、電灯の光、街のにぎわい、それが再び私たちのものになったのだ。そもそも、時間が再び私たちのものになったのだ――白雲、暗夜、一年四季――しばらくは生き延びられるというのだから、狂ったみたいに喜ばずにいられようか？ まさにこんな特殊な戦後の精神状態のために、一九二〇年はヨーロッパで「発熱の一九二〇年」[10]と称されたのだ。

今も忘れない、香港陥落後に私たちが街中をアイスクリームや口紅を探して歩き回ったことを。一軒一軒食堂に飛び込んではアイスクリームがあるかどうか尋ねて回ったのだ。一軒だけ明日の午後なら用意できるかもしれないと言ってくれたので、私たちは翌日五キロの道を歩いて約束を果たしたのだが、高価なアイスクリームひと皿を食べ始めると、中味はすべてカチカチのかき氷だった。通りいっぱいに露店が並び、売っているのは化粧品に西洋医学の薬、牛肉羊肉の缶詰、盗品の洋服、ウールの上着、レースのカーテン、カットグラスの食器、丸々一反のナイロン。私たちは毎日街に出かけてはショッピング、とは言っても、実際にはちょっと見るだけ。私がショッピングで暇潰しをするようになったのはこの時以来のことなのだ。——大多数の女性が買い物には疲れ知らずというのも無理はない。

香港は改めて「食べる」喜びを発見した。最も自然で、最も基本的な機能が、突然過分に注目され、欲望の光で強烈に照らされる中、ついには下品で、異常なものに変わってしまったのだ。戦後の香港では、通りを五歩十歩と歩けば身だしなみの良い外資系商社のサラリーマン風の人がしゃがみ込み、小さなコンロで鉄のように硬い小黄餅（シアオホワンピン）[11]を揚げていた。香港の街は上海ほどチャンスは多くなく、新しい投機事業の発展もひどく遅い。長いこと、通りの食品は相変わらず小黄餅が主流だった。次第に試験的に甘いパンや三角餅、怪しげなココナッツ・ケーキが現れた。あらゆる学校の先生、店員、弁護士助手が食べ物売りに転職した。

私たちは露店の前に立って油で揚げた蘿蔔餅（ルオポーピン）[12]を食べたが、三〇センチ先には貧民の

10 原文は〝發燒的一九二〇年〟。第一次世界大戦後の世相をアメリカでは the roaring twenties（狂騒の二〇年代）と呼んでいる。
11 通常はトウモロコシの粉を捏（こ）ね平鍋で薄く丸く焼いたもの。
12 大根の千切りをあんにして、練った小麦粉で包んで揚げた食品。

青紫の死体が地べたに横たわっていた。上海の冬もそんなものだろうか？　でも少なくともそれほどはっきりとは断定できない。香港には上海ほどの修養がないのだ。

ガソリンがないため、自動車店はすべて食堂に転業し、絹織物店や薬屋でお菓子を売らない店はなかった。香港がこれほど食いしん坊になったことはない。宿舎の男女の学生も日がな一日食べ物の話をしていたのだ。

こんなお祭り気分の中で、ジョナサンだけは孤立を恐れず、軽蔑と憤慨で胸が張り裂けんばかりだった。ジョナサンも華僑の学生で、義勇軍に参加して戦場で戦ったことがあった。彼はコートの内は開襟シャツ一枚で、顔面蒼白、髪がひとたば眉間（みけん）に垂れており、ちょっと詩人のバイロンっぽかったけど、惜しいことにひどい風邪を引いていた。ジョナサンは九龍（カオルーン）戦の状況に詳しかった。彼がいちばん怒っていたのは軍が大学生二人に命じて塹壕（ざんごう）から出てイギリス兵ひとりを担いで来させたことだった——「僕たち二人の命はやつらのひとり分ほどの価値もないんだ。義勇兵募集の際には、特別優待する、僕たち全員をうちの教授の管轄下に置くって約束しておきながら、全部反古（ほご）にされちゃったよ」。筆を投げ捨て従軍する時、彼は戦争ってＹＭＣＡが企画する九龍ハイキング旅行と思っていたのだろう。

休戦後に私たちは「大学臨時病院」の看護婦となった。大病院から転院してきた一般の病人を除くと、残りのほとんどは流れ弾に当たった苦力[14]と逮捕された時にケガをした火事場どろぼうだった。ひとりの肺病患者は多少お金があったので、もうひとりの病人を世話人として雇い、買い出しに行かせていたが、ダブダブの病院専用パジャマで街中を歩き回るので、院長はあまりに不様だ、と大いに怒り、二人とも追い出してしまった。ほかの病人で包帯ひと巻きと手術用メス数本、病院パジャマのズボン三本をシーツの下に隠していたのが見つかった者もいる。

これほどドラマチックな一瞬はめったにない。病人の毎日は長くてやりきれないものなのだ。上からの命令で彼らにお米に混じった石と稗とを取り除く作業をさせることになったが、暇を持て余しているので、彼らもこの単調な作業を楽しんでいた。時間の経過と共に、自分の傷口に対しても特別な感情が生じるもの。病院では、めいめ

---

13 イギリスのロマン派詩人で、ギリシア独立戦争に加わって病死した（一七八八〜一八二四）。若き日の魯迅が激賞している。

14 中国の下層労働者。

い異なる傷が彼らの個性そのものとなるのだ。毎日薬を塗りガーゼを替える時、彼らがいとおしそうに新たに形成された生肉を見ているのに私は気付いたが、その傷口に創造的な愛情を抱いているようすなのだ。

彼らは男子学生宿舎の食堂に住んでいた。以前はその部屋はたいそう賑やかだった――蓄音機からはカルメン・ミランダ[15]のブラジル風ラブ・ソングが流れており、学生たちは何かというと皿やお碗を投げ出してはコックを怒鳴りつけていた。今ではこの部屋に黙りこみ、イライラし、悪臭を放つ人たちが三十人以上も横たわっていたが、足を動かせないだけでなく、脳みそも動かさないのは、考えるという習慣がないからだ。枕が不足していたので、彼らのベッドを柱の前まで押して行き、首を柱に当てると、身体と九〇度になる。こんな具合で眼を見開いて横になり、毎日二度の赤い米［玄米の一種か］、一度は普通に炊いたもの、一度はお粥。太陽がガラス戸を照らし、ガラスに貼られた細長い防空用紙は風雨に晒され、すでに大半が剥がれてしまい、斑になった白い跡は呪術の人形のようで、ことに夜になると、紺色のガラスの上に奇怪な形の白くて小さい魑魅魍魎のシルエットが現れるのだ。

私たちはそれでも夜勤を恐れなかった――時間は特に長く、十時間もあったけど。

夜は何もすることがない。病人の大小便は、室外に出て雑役夫に「二十三号に屎乒（シーパン）[16]」あるいは「三十号に尿瓶」などと声をかければ済んだ。私たちはついたての陰に座って本を読めたし、その上お夜食付き——特別に届けられる牛乳とパンだ。ただひとつ残念だったのは、病人の死であり、十中八九は深夜のことだった。

尾骨が異臭を放つ腐爛（ふらん）症、という人がいた。痛みが頂点に達すると、顔の表情は狂喜に近づく……眼は半ば開いて半ば閉じ、口はニッと開いて痒（かゆ）いところに手が届かないというような微笑を浮かべている。一晩中彼は「娘さんよー、娘さーん！」とわめいており、ゆっくりとした、震えた節回しの声だった。私はほったらかしにした。無責任で、良心のない看護婦だった。この人が憎らしかった——ここで彼が苦しむと、部屋中の病人が目を覚ますことになるからだ。彼らは放っておけず、声を揃えて「娘さーん」と叫ぶ。しかたなく出て行く私は、ブスッとして彼のベッドの前に立ち「何

15　ブラジル育ちのサンバ歌手、ダンサー、ハリウッド映画スターであり、一九四〇年代に人気を博した（一九〇九～一九五五）。

16　おまる。「乒」とは広東語で、英語のＰａｎの音訳。

です?」と訊ねる。彼はちょっと考えてから「水を」と呻く。人に何かしてもらえれば、それでよいのだ。厨房に白湯はないです、と私は答えて立ち去る。彼は溜め息をつき、しばらく静かにしているが、また叫び出し、叫び疲れてなおもウーウー呻っている——「娘さんよー……娘さーん……ハー、娘さーん……」

三時、私の相棒は居眠りしており、私は牛乳を温めようと、厚かましくも白くて丸々とした牛乳瓶を抱え病室を抜けて厨房へと下りて行く。大勢の病人がみな目を覚まし、眼を見開いて牛乳瓶を眺めていたのは、それが百合の花より美しく見えたからだろう。

香港ではかつてない寒さの冬だった。私は石鹸で例の蓋のない真鍮鍋を洗うのだが、手がナイフで切られるように痛かった。鍋に油垢がこびり付いている。用務員がこれでスープを作るから。病人がこれで顔を洗うから。私が牛乳を注ぐと、ガスの青い炎の中に座った鍋は、青い蓮華に座る銅製の仏像のように、静寂として、耀いていた。ところが例の「娘さんよー、娘さーん!」が長い節回しで厨房の中まで追っ掛けて来るのだ。ちっぽけな厨房には白い蠟燭が一本灯るだけ、私は沸き始めた牛乳を見つめながら、心の内で焦り、怒っていた——狩人に追い詰められた野獣のように。

この人が死んだあの日の私たちときたら、みんな飛びはねて喜んだ。それは空が明るみ始める頃で、私たちは後始末をベテランの本職の看護婦さんにお任せし、自分たちは厨房に籠もったのだ。私の相棒がヤシ油で小さなパンを焼くと、中国の酒醸餅[17]の味に良く似ていた。鶏が鳴き出して、またもや白く凍える朝がやってきた。私たちのような自己中心的な人間が何もなかったかのように生き延びていった。

仕事のほかに、私たちは日本語も習った。送り込まれて来た教師は若いロシア人で、亜麻色の髪をツルツルに剃り上げていた。授業の際に彼はいつも日本語で女学生の歳を尋ねていた。女学生が答えに詰まると、彼が当てようとするのだ。「十八歳？　十九歳？　二十歳は過ぎていないでしょう。何号棟に住んでいますか？　あとでお訪ねしてもいいですか？」彼女がどうやってお断りしようかと考えていると、彼は笑い出す。「英語を話してはいけません。日本語でしか話してはいけません。『お入り下さい。お掛け下さい。お菓子をどうぞ』『うせろ！』なんて言ってはいけません」冗談を言い終わると、自分が先に顔を真っ赤にしていた。最初は教室いっぱいに学生が押し掛

17　小麦粉を捏ねて酒こうじを加えて丸く焼いたもの。

けて来たが、やがて減っていく。目も当てられないほど減ってしまうと、彼はついに怒って来なくなり、ほかの先生に替わった。

このロシア人の先生は私が描いた絵を見て、そのうちの一枚だけを賞めてくれたが、それは炎桜(ファティマ)がスリップを着ている肖像画である。彼は香港ドル五ドルで買いたいと言ったが、私たちが難しい顔をしているのを見て、慌てて弁解した。「五ドルというのは、額縁代別で」

戦時中の特殊な空気に反応して、私は絵を多く描き、炎桜がこれに色付けした。自分の作品を見て喜んだり賞めたりするというのは様にならないが、その作品群が佳作であり、まったく自分で描いたものとは思えないことは私にも確かにわかっていたし、その後はそんな絵を描きたいという気持ちは二度と起きなかった。ただ惜しいことに見る人の頭をちょっと混乱させることがあった。たとえ一生涯の精力を注いでもゴチャゴチャ重なりあった人たちのために注釈式の伝記を書くのは、やりがいがあった。たとえば、あの怒りっぽい又貸し大家の奥様は、闘鶏風の目が飛び出しそうで二連式の水道の蛇口のよう。あの若奥様は、頭と首とを併(あわ)せると理髪店のドライヤーみたい。ライオンのようでもあり犬のようでもあるのは、しゃがみこんだ伝染病患者の娼婦で、衣裳の下から赤いシルクのストッキングとガーターを見せている。

私が大好きだった炎桜による色付けの絵は、藍と緑との異なる色ですべて塗られ、「滄海月明らかにして珠に涙有り、藍田日暖かにして玉煙を生ず」[18]の二句が連想される。

絵を描きながらも、この力はまもなく失われるということが私にはわかっていた。このことから教訓を得た――思い立ったが吉日、それでもすべて間に合わないかもしれない、という古い教訓。「人」が最も当てにならないのだ。

あるベトナムの青年は、学生の間では多少は評判の画家だった。戦後は自分の筆致に以前のような力がなくなったのは、自分で料理を作るようになり、腕がだるくなってしまったから、と恨みごとを言っていた。このため私たちは毎日彼がナスを炒めるのを見ていて（彼はナス炒めしか作れなかった）、ひどく悲惨なことと思ったものだ。

18　晩唐の詩人李商隠「錦瑟」の第五、六句。「蒼い海に月の光りが明るく降りそそぐなか、真珠は人魚の涙を帯び、藍田に日の光が暖かく照らすもと、玉からは煙が立ち上る」という意味。川合康三選訳『李商隠詩選』（岩波文庫）による。

戦争が始まった時、港大の学生がみな大喜びしたのは、十二月八日[19]はちょうど期末試験の初日で、無条件の試験免除とは千載一遇の大事であったからだ。そのひと冬、私たちは大変な苦しみを味わい、事の軽重が少しはわかるようになる。しかし「軽重」この二文字も難しい……すべての虚飾を取り去ると、飲食・男女の二つだけが残るのだろう。[20]人類の文明が単純な獣のような生き方から跳躍しようと努力するものであるのなら、数千年来の努力とは結局は精神的浪費だったのだろうか？　実際にはその通りであった。香港にいた外地出身の学生はここに閉じ込められてすることもなく、日がな一日食材を買い、料理し、イチャイチャするだけだった――とは言え、よくある学生風のイチャイチャではなく、温和でちょっとセンチメンタルなものである。戦後の宿舎では、男子学生がガールフレンドのベッドに寝そべって夜更けまでトランプをしていた。翌日、彼女がまだ起きないうちに、彼が再びやって来て、ベッドの縁に腰掛ける。そして壁の向こうから彼女の甘ったるい叫び声が聞こえてくる。「ダーメ、ダメよ！　もう、ダメなんだから！」これが、彼女が服を着てベッドから下りるまで続く。このような現象は人により異なる反応を呼び起こす――身の毛がよだつ思いで孔子の前に行き、跪（ひざまず）いた人がいたかもしれない。やはりある程度の紀律は必要なのだ。原始人は無邪気と言えば無邪気だが、結局は十分に「人」にはなっていないのだ。病院の院長は「戦争ベビー」（戦時中の私生児）の可能性を考えて、非常に憂慮していた。ある日、彼は女学生がコソコソと細長い包みを抱いて宿舎を抜け出すのを見て、自らの悪夢がついに現実のものとなったかと思った。その後になってわかったことだが、彼女は仕事をして得たお米を運び出しお金に換えるところで、道中ゴロツキが多く、途中で引ったくりに遭うのではないかと恐れ、米ひと袋を赤ちゃんに仕立てたのだ。

そもそも、ここには八十名以上の九死に一生を得た若者がおり、九死に一生を得たからには、いっそう生気に満ちている。食べ物あり、住む所あり、気が散るような外界の娯楽はない。教授はいないが（実は一般の教授たちは、いなくても構わないのだが）、諸子百家、詩経、聖書、シェークスピアと本は十分に揃っている——まさに大学教育の最も理想的な環境である。しかし、私たち学生はそれを悶々と苦しむ過渡期

19　真珠湾攻撃の日でもあり、太平洋戦争開戦日。
20　儒教の経書『礼記』に「飲食男女、人の大欲、焉（ここ）に存す」という言葉がある。

と考えたのだ――過去は戦争の苦しみであり、未来は母の膝の上で泣きながら戦争の苦しみを訴えるのであり、長いこと堪えていた涙を思いきり流すのだ。今のところは、退屈しのぎに汚れたガラス窓に「ホーム、スウィート・ホーム」という文句を書きちらすばかり。こんな過ごし方に比べれば、退屈のあまり結婚するというのは退屈な話だが、それでも少しは積極的といえよう。

仕事と暇潰しが不足している人々は早めに結婚せざるを得なかった。それは香港の新聞でギッシリ詰まった結婚通知欄だけ見てもわかるというもの。学生の中にも結婚した人がいた。一般の学生は人々の真の性情に関してはもとより認識不足であるが、一度表皮を剝ぎ取り、その内側の畏縮や痒みを見つめれば、哀れむべくして笑うべく、男性あるいは女性は、ほとんどが最初の発見を愛するものなのだ。もちろん、恋愛と結婚とは彼らにとって有益無害であるのだが、自動的に自からの活動範囲を制限してしまうのは、やはり青年の悲劇である。

時代の車は轟々と前に向かって進んで行く。私たちはその車に乗っており、通過するのはお馴染みの街にすぎないのかもしれないが、満天の火の光の中では驚きのあまりドキドキしてしまうもの。惜しいことに私たちは次々と飛んでいくお店のショーウインドゥに自分の影を探し当てようと必死なのだ——見えるのは自分の顔だけ、蒼白にして、卑小な。私たちの自己中心ぶりと空虚さ、恥知らずの愚かしさ——誰もが私たちと同じだが、私たちは誰もがみな孤独なのだ。

封鎖

運転手は路面電車を運転する。大きな太陽の下で、電車のレールは二匹のキラキラ輝く、水から出てきたミミズのように、伸びたり、縮んだり。伸びたり、縮んだり、そんなふうにして前へ進む――フニャフニャして、とっても長いミミズに終わりはない、終わりはない……運転手の眼はこの二本のグニャグニャしたレールを見つめているが、彼が狂ってしまうことはない。

もしも封鎖に出くわさなければ、電車の進行は永遠に断たれないだろう。封鎖だ。ベルが鳴った。「リンリンリンリンリン」という一つ一つの「リン」はひんやりとした小さな点であるが、一点一点が連なると破線となって、時間と空間を切断する。

電車は止まったが、通りの人は駆け出して、街路の左側の人々は街路の右側へと駆け、右側の人々は左側へと駆けるのだ。商店は一斉にサーッと鉄の門を引く。奥さまたちが狂ったように鉄柵を揺らして叫んでいる。「中に入れて！　子供がいるの、年寄りがいるの！」しかし門はやはりビシッと閉まったまま。鉄門内側の人と鉄門外側の人とは目を見張って向かい合い、互いに互いを恐れていた。

電車の中の人々はわりと落ち着いていた。腰掛けていられる席があり、粗末な造りとはいえ、多くの乗客の家のようすと比べれば、多少はましだった。通りは次第に静かになったものの、完全な静寂ではなく、それでも話し声はほとんど聞こえなくなり、夢で聞こえる蘆花[1]の枕のサラサラと鳴る音のよう。この巨大な都会が陽光の中で居眠りして、グッタリと頭を人々の肩の上に預けており、涎（よだれ）が人々の服を伝わりタラタラと垂れて、想像もできない大きな重みが一人一人にかかっている。上海がこれほどまでに静まり返ったことはないだろう――まっ昼間に！　乞食がひとり、シィーンと静まりかえったこの時を狙って、喉をふるわせ歌い始めた。「旦那さまー　旦那さまーに奥方さまー　おらんかねー紳士淑女の皆々さまー　哀れな乞食にお恵みを。旦那さまーに奥方さまー　おらんかねー　おらんかねー……」しかし彼がまもなく口を閉じてしまったのも、この珍しい静寂に驚いて黙りこんでしまったからだ。

1　アシの花茎に密生する白い綿毛。漢方薬で止瀉、止血、解毒の効果がある。枕の中綿としても用いられる。

もうひとりのさらに勇敢な山東人の乞食が、断固としてこの沈黙を破った。その声はまろやかに響きわたる。「悲しやー　悲しいー！　ひとり銭なしいー！　悲しやー悲しー――」悠久の歌は、一つの世紀から次の世紀へと歌い継がれてきたのだ。音楽性の豊かなリズムが電車の運転手に伝染した。運転手も山東人なのだ。彼はフーッと息を吐くと、両ひじを抱えながら、ドア側に身を傾けて、一緒に歌い出したのだった。「悲しやー悲しいー！　ひとり銭なしいー！　悲しやー悲しー――」

電車からは、一部の乗客が降りた。残った人々の中には、少しばかり話をする人もパラパラといた。ドア付近のオフィス帰りの数人は話を続けている。ひとりがサッと扇子を開くと、結論を述べた。「詰まるところ、彼にはほかに問題はなく、社交べたで嫌われるんだ」もうひとりはフンと鼻を鳴らして、冷笑した。「社交べたって言うけどね、彼は上役とは調子よくやってるよ」

兄妹のような似た者同士の中年夫婦が吊革に摑まり、並んで電車の真ん中に立っていた。妻が突然叫んだ。「ズボンが汚れちゃうよ！」驚いた夫が上げた手には、魚の薫製の包みが下がっている。彼は油でベトベトの紙袋をスーツのズボンから六、七センチ用心深く離すようにした。妻はなおもくどくどと言っている。「今じゃクリーニングが幾らすると思ってるの？　ズボンの仕立て代、幾らすると思ってるの？」

　隅に座っていた呂宗楨（リュイ・ツォンチェン）は、華茂（ホワマオ）銀行の上級会計係で、その魚を見ると、妻から頼まれて、銀行近くの屋台の食品店でホウレン草の包子（パオツ）「中華まん」を買っていたことを思い出した。女っていうのはこうなんだ！　曲りくねったひどく分かり難い路地裏で買って来た包子はさぞかし安くて美味いんだろうよ！　妻はまったく僕のことなど考えちゃあくれない——パリッとしたスーツを着込んで鼈甲（べっこう）の眼鏡を掛け書類鞄を提げた男が、新聞紙に包まれた熱々の包子を抱えて街中を歩き回るなんて、まったく話にならん！　しかし何と言っても、この封鎖がずっと続き、晩飯が遅くなったとすれば、少なくともその包子には使い道があるのだ。彼が腕時計を見ると、まだ四時半。気のせいだろうか？　すでにお腹が空いていた。ソーッと新聞紙の一角を開けると、中を覗（のぞ）いた。真っ白なヤツが、どれも麻油（マーヨウ）[2]の香りがする湯気を吹き出している。新聞紙の一片が包子に貼り付いていたので、注意深く紙を剥がしたところ、包子に活字の跡が残り、字はすべて裏返し、鏡に映っているかのようだったが、彼は根気良く、顔

2　胡麻油と焦がしたニンニクでつくる調味油。

を近付け一字一字判読した。「訃報……申請……中国株式動態……当店勢揃いしてご来場お待ちしております……」すべてよく使われる言葉だが、活字が包子に写った姿が、なぜかやや冗談のような感じだった。「食」はとても厳粛なことなので、これと比べれば、ほかのことはみな笑い話になってしまうのだろうか。呂宗楨も読みながら変だと思っていたが、笑ったりしなかったのは、彼がまじめな人だから。包子に写った文章から新聞の文章へと眼を移した彼は、古新聞を半頁ほど読み終えたが、裏返して読もうとすれば、包子が飛び出してしまうので、諦めるしかなかった。彼がこうして新聞を読んでいると、車内の全員がこれに倣い、新聞を持つ者は新聞を読み、新聞がない者は領収書を読み、規則を読み、名刺を読んでいた。何も印刷物を持たない人は、通りの看板を読んだ。彼らはこの恐るべき空虚を埋めざるを得なかったのだ——さもないと頭が働き始めるやもしれない。考えることは苦しいことなのだ。

呂宗楨の向かいに座った老人だけが、手の平の中でグリグリと二つのスベスベした胡桃を揉んでいたが、そのリズミカルな小さな仕種も考える代わりなのだ。老人は頭を剃っており、肌は赤茶、顔中に脂が浮いている。皺だらけなので、顔全体が胡桃のよう。頭が胡桃の実のように、甘くて、しっとりしていても、大して面白くはなかった。

老人の右側に座っているのが呉翠遠（ウー・ツィユアン）で、一見クリスチャンの若奥様のようだが、まだ結婚していない。彼女が着ているのは白いキャラコの旗袍（チーパオ）、細い藍色のふち取りがされている——濃紺と白となると、実に気分はお葬式だ。藍と白とのチェックの日傘を持っている。誰もがしているような髪型で、ひたすら目立つのを恐れている。しかし実は目立ちすぎの危険などないのだ。それなりにきれいなのだが、この手の美しさは中途半端で、他人の美しさにひどく遠慮しているかのよう、顔全体がボーッとして弛（たる）んでおり、輪郭というものがない。彼女の母親だって娘が面長なのか丸顔なのか何とも言いようがない。

彼女は家では良い娘、学校では良い学生だった。大学卒業後の翠遠は、母校で働き、英語の助手となった。今は封鎖の時間を利用して答案の添削をするつもりなのだ。一枚目を捲（めく）ると、男子学生の作文で、声高に都会の罪悪を非難し、正義感に溢れる怒りを以て、やや文法的に外れた、ギクシャクした文章で、罵倒している——「赤い唇の売春婦……大世界（ダスカ）[3]……場末のダンスホールにバー」。翠遠はしばらくジッと考えてか

3　一九一七年建造の当時上海最大の娯楽センター。

ら、赤鉛筆を取り出すと「A」評価を書きつけた。ふだんは、評価を書いたら済んでしまうのだが、今日の彼女にはたっぷり考える時間があったので、思わず、なぜ自分はこんな良い点をあげるのか、と自問した。そんなことを考えたせいで、ハッと、彼女は顔を赤らめることとなった。突然分かったのだ——この学生は大胆にも彼女に向かってこんな言葉を発するただひとりの男の子だから。

この男の子は彼女を広い見識の持ち主と見ている。彼女をひとりの男性と見做し、信頼している。彼女に一目置いているのだ。翠遠は学校ではいつも誰からも見下されていると思っていた——校長からも、教授、学生、用務員からも……学生たちは特にひどく憤慨していた。「中大［中光大学の略称］はドンドン悪くなる！ 日ごとにひどくなる！ 中国人に英語を教えさせるとは、そもそも、それ自体があり得ないっていうのに、ましてや欧米に行ったことのない中国人だなんて！」翠遠は学校でいじめられ、家でもいじめられていた。呉家は新式の、信心深い模範的家庭である。家では精いっぱい娘に勉強させ、一歩一歩と這い上らせて、頂点にまで上らせた——二十歳そこそこの女の子が大学の先生になったのだ！ 女性の職業に新記録を打ち立てたのだ。しかし家長は次第に彼女に対する興味を失い、むしろ最初から勉強は手抜きして、時間を遣り繰りして金持ちの婿さん探しをすれば良かったと思っているのだ。彼女は家では良い娘、学校では良い学生だった。家族もみな善人で、毎日風呂に入り、新聞を読み、ラジオを聞くにも上海流行歌曲やお笑い京劇などは聞かず、もっぱらベートーベンやワーグナーのシンフォニーを聴き、たとえ分からなくても聴いていた。この世に善人は真人間よりも多い……翠遠は不愉快だった。

生命（いのち）とは『聖書』のように、ヘブライ語からギリシア語に訳され、ギリシア語からラテン語に訳され、ラテン語から英語に訳され、英語から中国語に訳される。翠遠が『聖書』を読む時、中国語は彼女の頭の中でさらに上海語に訳される。それはいかにもまだるっこしい。

翠遠は例の答案冊子を置くと、両手を頬に当てた。太陽がカッカと背中を焼いている。隣に座っている乳母が、子供を横抱きしており、子供の足の裏がピタリと翠遠の足に押しつけられていた。赤い虎頭鞋（フートウシエ）[4]が柔らかくて堅い足を包んでいる……これは少なくとも真実だ。

4　赤ちゃん用の布靴で靴先に縁起ものの赤や黄の虎の顔が縫い取られている。

車内では、医学生がスケッチブックを取り出して、せっせと人体骨格の略図を描き直している。ほかの乗客は彼が向かいで居眠りしている人をスケッチしているのかと思っていた。乗客たちは暇を持て余し、ひとりまたひとりと集まって来ては、三々五々、手を腰に当て、後ろ手に組んだりして、彼を取り囲み、写生のようすを見ている。魚の薫製を提げた夫が妻に向かって小声で「僕はこの手の流行(はや)りのキュビズムや印象派なんて見てられないよ」と言うと、妻は耳打ちした――「ズボン！」

この医学生は細かく一本一本の骨や神経、筋肉の名前を書き込んでいく。オフィス帰りの人が扇子で顔半分を隠すと、こっそり同僚に向かって解説してみせた。「中国画の影響だ。今は西洋画も題名を書くのがはやっているんだから、まったく『東風、西に向かいて吹き渡る』だよ」

呂宗楨はその仲間入りすることなく、ひとりで元の席に座っていた。自分はお腹が空いていると彼は決め込んだ。みなが席を離れたのは好都合、堂々とホウレン草の包子が食べられる。ふと顔を上げると、三等車にいる親戚が目に入った――妻の母方の従姉妹(いとこ)の息子である。この董培芝(トン・ペイチー)を彼は嫌っていた。培芝は貧家の息子で野心を抱き、資産家のお嬢さんと結婚して、少しでも出世の足掛かりにしたいと、そればかり考えているのだ。呂宗楨の長女は今年十三歳になったばかりというのに、早くも培芝は目を付けて、身勝手な計算をしており、足しげく通ってくる。呂宗楨はこの若者を見ると、胸の内でまずいと叫び、培芝が自分に気付いて、この絶好のチャンスを使い、自分に攻撃を仕掛けてきたら困ると思った。封鎖の間にこの董培芝などと一緒に閉じ込められる——こんな事態は想像するだけでも恐ろしいぞ！　彼は慌てて書類鞄と包子を抱えると、サーッと向かいのシートに移動して腰掛けた。こうするとうまい具合に隣の呉翠遠の陰に隠れるので、あの親戚の若者に気付かれることは絶対にない。翠遠が振り向いて、チラリと彼を睨(にら)んだ。まずい！　この女性は彼がわけもなく席を替えたと思い、悪印象を抱いたに違いない。彼にはからかわれた時の女性の表情が見えていた——顔を強張らせ、目に笑みがなく、口元にも笑みがなく、小鼻の脇にさえも笑みがないのだが、どこかしらにチラリと笑みの兆しがあり、それが今にも広がろうとしている。自分のことがとってもカワイく思えて、笑みをこらえ切れないのだ。

畜生め、董培芝がついに彼に気付き、一等車に向かって来る、恭(うやうや)しく、遠くから腰を屈(かが)め、長い顔は血色がよく、坊さん尼さんのような灰色の長衫(チャンシャン)[5]——苦労に耐え、固く節操を守る若者、理想の婿殿といった風情。宗楨はすばやく裏をかいてやることに決め、乗りかかった舟とばかりに、腕を伸ばして翠遠の背後の窓の台に置き、沈黙のうちにナンパ計画を宣言した。こんなことをしても、董培芝を驚かして退散させられないことが分かっていたのは、培芝の目には、これまでも自分はとんでもない悪党ジジイだったからである。培芝にとっては、三十過ぎの人はみなジジイであり、ジジイはみな腹黒いものなのだ。培芝は今日その目で彼のこれほどの不良ぶりを見れば、何から何まで宗楨の妻に報告するに違いない――妻は怒らせておけばいいさ！　こんな親戚がいるのも妻のせいだろう！　怒ったらいいさ！

隣の女性は別に彼の好きなタイプではなかった。彼女の腕は白いことは白いのだが、絞り出された練り歯磨きのよう。彼女全体が絞り出された練り歯磨きのようで、型というものがないのだ。

彼は小声で彼女に笑いかけた。「この封鎖は、いつ終わるんだろう？　嫌になっちゃうね！」驚いた翠遠が振り向くと、自分の背後に置かれた例の腕が見えたので、全身を強張らせたが、宗楨は何があっても自分からその腕を引くわけにはいかなかった。親戚の若者がまさにあそこから両眼をギラギラさせて見ているのだ――顔には会心の笑みを浮かべて。もしも彼がこの状態でこの親戚と視線を合わせたら、あのガキは怖ず怖ずと俯くだろうか——処女のように羞じらいながら。それともあのガキは目配せでもするのだろうか——わかりゃしません。

彼は歯ぎしりすると、改めて翠遠にアタックした。こう言ったのだ。「たまりませんね。ちょっと話しませんか、構わんでしょ？　二人で……お喋りするんです！」彼は思わず、哀願するような口調になっていた。翠遠は再び驚いて、もう一度彼のことを見た。今の彼は、彼女が乗車する際のようすを思い出していた——とってもドラマチックな一瞬だったが、その劇的効果は偶然生じたものであり、彼女の演出ではなかった。彼は小声で言った。「知ってる？　僕は君が乗車するところを見ていたんだ、前のガラスに貼られたポスターが、少し破れていて、その破れたところから君の横顔が見えたんだ、あごのあたりが」それはラコーヴァ粉ミルクの広告で、太った男の子が描かれており、男の子の耳元から突然この女性のあごが現れたので、よく考えるとややギョッとさせられる。「それから君は俯いて鞄から小銭を取り出したんで、僕にもやっと君の目と眉、髪が見えたんだ」一つ一つに分解して見ると、彼女にも魅力が

5　ちょうさん。ひとえの長い中国服。

ないわけではない。

翠遠は笑った。この人はお世辞が言えそうには見えない——信頼できるビジネスマンみたいに思えるから！　彼女はもう一度、彼のことを見た。太陽の光が鼻先の軟骨部を赤く照らしている。新聞紙の包みにおいていた手は、袖口から伸びている、黄色くて、敏感そうな手が——真人間だ！　あまり誠実ではなく、あまり利口そうでもないが、真人間なのだ！　彼女は突然熱くなり、楽しくなった。彼女は顔を背けると、細い声で言った。「そんな話、お止めなさいよ！」

宗楨は「えっ？」と言った。自分が何を言ったのか、とっくに忘れていたのだ。彼の目は若い親戚の背中に釘付けになっていた——あの若者は物わかりの良いことに、ここでは自分は余計者であり、叔父の機嫌を損ねてはいけない、今後も会う機会があるのだし、互いに切っても切れない親戚同士なんだからと思い、三等車へと戻っていったのだ。董培芝が立ち去ると、宗楨はすぐさま自分の腕を引っこめ、言葉遣いもまじめになった。彼は話しながら彼女の膝の上の答案用紙を見て言った。「申光大学……あなたは申光の学生さんなんですか？」

彼女のことをそんなに若いと思っているの？　まだ学生だって？　彼女は笑ったが、

声は立てなかった。

宗楨が言った。「私は華済の卒業なんです。華済[6]」彼女は首に小さな褐色の痣があ る——爪の跡のような。宗楨は無意識に右手で左手の爪を擦ると、せき払いをして、問いを続けた。「何学科なんですか？」

翠遠は彼の腕がもはや背後から消えていることに気付き、彼の態度の変化は自分の気品のある人格に感化されたためと考えた。そう思うと、黙っているわけにはいかなくなり、こう答えた。「文科です。あなたは？」宗楨が答えた。「商科です」二人の会話はあまりに堅苦しい、と思った彼は、こう言ってみた。「学生時代は、運動に忙しくて、大学を出てからは、飯の種で忙しくって。勉強なんて、ほとんどしていないですよ」翠遠が尋ねた。「お仕事、忙しいの？」宗楨が答えた。「滅茶苦茶に忙しくって。朝は電車に乗ってオフィスに行き、午後はまた電車に乗って帰るんで、なぜ行って、なぜ帰るのかも分かりませんよ！　自分の仕事には何の興味もない。金のためとは言っても、誰のために稼いでるやら！」翠遠が言った。「誰だって家族の負担はある

6　架空の大学の校名。

ものなんです」宗楨が答えた。「家のことなんて――あんたには分からない――ああ、言いたくもない！」翠遠は密かに思った。「そら始まった！　この人の奥さんは彼のことなんか、構っちゃいないんだ。この世の既婚男性は、みんなほかの女性に構ってほしくてたまらないの」宗楨はちょっとためらっていたが、やっとのことで、実に辛そうに言った。「妻は……私のことなんかまったく構っちゃくれないんだ」

翠遠が眉をひそめて彼を見ていたのは、お察ししますという意味だった。宗楨は続けた。「なぜ毎日定刻に帰宅するのか私には分かりません。どこに帰るというんです。実は帰るべき家なんてないんですよ」彼は眼鏡を外し、光に当てると、ハンカチでレンズの曇りを拭い、こう言った。「あーあ、適当にやってはいるものの、考えられない――もう考えられないんです！」近視の人が人前で眼鏡を外すのは、猥褻に近い、人前で服を脱ぐようなもの、品位を欠く、と翠遠は感じていた。宗楨はなおも話し続けた。「あなた――あなたには分からんでしょう、妻がどんな女だか」翠遠が尋ねた。「それでは、どうして……」宗楨が答えた。「最初から私は嫌々だったんです。母が決めた話だったんです。もちろん私だって自分で選びたかったんだが……妻は以前はとても美人で……あの頃は私も若かった……若い人というのは……あなたもお分かりでしょう」翠遠は頷いた。

宗楨は続けた。「妻は今ではこんな人になっちまった——母さえも仲が悪くなって、こんな嫁をもらうなんてと私を責めるんですよ！　妻の——あの性格——小学校さえろくに卒業していないんだから」翠遠は思わず微笑して言った。「そうは言っても卒業証書なんて紙っ切れにすぎませんよ！　実際には、女子教育というのはそんなに期待できるものではないのです！」どうしてこんなことを話したのか彼女自身にも分からなかった——自分の心を傷付けるようなことを。宗楨が言った。「当然ですよ、あなたが脇からお気楽なことを言えるのは、高等教育を受けているからなんです。妻がどんな人間か、あなたには分からんのです」彼が口を閉ざしたのは、息切れしたためで、掛けたばかりの眼鏡を再び外し、レンズを磨いた。翠遠が言った。「ちょっと言いすぎではないですか」宗楨は眼鏡を持ちながら、やっとのことで身ぶりを交えて答えた。「妻のこと——あなたには分からん」翠遠は即座に応じた。「いえ、分かります、分かります」この夫婦の不和は、決して妻だけの問題ではないこと、彼自身も単純な考えの持ち主であることは分かっていた。彼には彼を許し、彼を包み込んでくれる女性が必要なのだ。

通りがざわめくのは、ゴーゴーと二台のトラックがやって来たからだ——兵隊を満載している。翠遠は宗楨と同時に外を見ようと首を伸ばしたので、思いがけなくも二人の顔は異常に接近した。至近距離だと、誰の顔でもふだんとは異なり、映画のクローズアップのような緊張感を覚えてしまう。宗楨と翠遠は突然気付いた——二人はまだ初対面なのだ。宗楨の目に映る彼女の顔は、サーッと描かれた白描の牡丹のよう、揺れる鬢のほつれは風にそよぐ花芯であった。

彼に見つめられ、彼女は顔を赤らめ、彼女の赤らんだ顔を見つめて、彼は楽しんでいる。彼女の顔はますます赤味を増した。

自分のために女性が顔を赤らめ、微笑み、顔を背け、振り返ることがあろうとは、宗楨には思いもよらぬことだった。ここでは、彼はひとりの男性なのだ。ふだんの彼は、上級会計係で、子供たちの父親であり、家長であり、電車の乗客であり、お店の常連客であり、市民であった。しかし彼の素性を知らぬ女性にとって、彼は純粋にひとりの男性にすぎないのだ。

二人は恋に落ちていた。多くのことを彼は彼女に話した——彼の銀行では誰と仲が良く、誰が彼に面従腹背か、家ではどんな喧嘩をするのか、彼が秘密にしている悲哀、学生時代の抱負……途切れなく続いたが、彼女は嫌ではなかった。恋する男性とは話し好きなもの、恋する女性はその時ばかりはお喋りを控えるもの——男性は知り尽くしてしまった女性のことは、もはや愛さないということを、彼女は無意識にも分かっているからだ。

宗楨が確信するに翠遠は可愛い女であった——色は白く、うっすら、温かみがあり、冬の日に口からハアーと吐き出す息のよう。一緒にいたいと思わなかったら、彼女はスーッと消えてしまう。彼女は自分の一部分であり、何でも分かってくれて、何でも許してくれる。本心を語れば、心配してくれるし、嘘をつけば、「いい加減なことばっかり」と言わんばかりに微笑むのだ。

宗楨はしばらく沈黙したのち、フッと口を開いた。「僕は結婚しなおそうと思う」翠遠がハッと驚いたようすで、叫んだ。「離婚するの？　それは……無理でしょ？」宗楨が答えた。「離婚はできない。子供たちの幸せも考えなくてはならない。長女は今年十三になって、中学に進学したばかり、成績がとてもいい」翠遠は心の中でつぶやいた。「それはさっきの話とは関係ないわ」彼女は冷たく言った。「あら、お妾さんをもらうんですか？」「僕は彼女を妻として面倒を見る。僕は——僕は彼女をしっかり世話する。辛い思いをさせたりはしない」翠遠が言った。「でも、彼女が良家の娘さんだったら、納得しないのでは？　いろいろ法律上の問題もあるし……」宗楨が溜め息をついた。「そう。君の言う通りだ。僕にそんな権利はない。そもそもこんな考えを起こすべきではないんだ……いい歳して。もう三十五だというのに」翠遠がゆっくり口を開いた。「とは言え、今の時代では、それほどの歳とは思えないわ」宗楨はしばらく口を閉じたのち、こう言った。「君は……いくつ？」翠遠は俯いて答えた。「二十五」宗楨が少し間をおいて、再び訊ねた。「君は自由な身なの？」翠遠は答えない。宗楨が言った。「自由な身ではないんだね。君が承知しても、ご家族が承知するはずがない、そうでしょ？　……そうなんでしょ？」

翠遠はギュッと口をすぼめていた。家族――あの悪に染まることなど知らぬ善人たち――が憎かった。家族にはさんざん騙されてきた。金持ちと結婚しろって言ってるけど、宗楨にはお金はなくて奥さんがいる――でも、家族を怒らせたっていい！　怒ったらいい！　いい気味！

車内の人がだんだん増えてきたのは、「まもなく封鎖解除」のデマが流れているからだろう、乗客がひとりまたひとりと乗りこみ、腰掛けたので、宗楨と翠遠は席を詰められて、身を寄せ合い、さらに寄せ合った。

宗楨と翠遠は今まで自分たちがいかにまぬけだったか、さっさと身を寄せ合って座っていれば良かったのに、と不思議に思った。余りに心地好すぎる自分に抗議せねば、と宗楨は思った。彼は苦しそうな声で彼女に言った。「無理だ！　それは無理だ！　君は前途を犠牲にすることになる！　立派な家柄で、こんなに良い教育を受けているんだ……だけど僕には──大した金もない、君の一生を台なしにすることはできない！」──そうなの、やっぱりお金の問題なのね。彼の言う通りだわ──。翠遠は「終わった」と思った。今後彼女はおそらく誰かに嫁ぐだろうが、偶然出会ったこの人ほどには愛すべき夫ではあるまい──封鎖中の車中の人……すべてがこれほど自然に進むことは二度とあるまい。二度と……ああ、この人ったら、なんてばか！　なんてばかなの！　彼女はただ彼の命の一部分が欲しかった、誰も見向きもしない一部分が。彼は自分の幸せをむざむざ台なしにした。なんと愚かな浪費！　彼女は泣いたが、それはお上品な、淑女風の泣き方ではなかった。彼女は唾を飛ばすかのように涙をいっきに彼の顔に降りかけた。彼は善人だった──この世に善人がまたひとり増えたのだ！

彼に説明して何になろう？　女性が自らの言葉で男性の心を動かさねばならないとすれば、彼女はあまりにかわいそうだ。

宗楨は焦ってしまい、言葉が出て来ず、彼女の手の内の日傘を何度も手で揺らした。彼女が相手にしないので、ついには彼女の手を揺すって言った。「つまり、つまり――ここは人がいるじゃないか！　さあ、泣くんじゃない！　あとで電話で詳しく話そう。番号を教えて」翠遠は答えない。彼は執拗にたずねた。「どうしたっていうんだい。電話くらい教えてくれなくっちゃ」翠遠は早口で「七五三六九」と一度だけ言った。宗楨が「七五三六九？」と問い返したが、彼女はまたもや黙ってしまった。宗楨は口の中でブツブツと「七五三六九」と繰り返しながらポケットの中の万年筆を探したが焦るばかりで見つからない。翠遠は鞄の中に赤鉛筆があったが、取り出すつもりはなかった。彼女の電話番号は、彼が記憶すべきものであり、覚えられないとは、彼女を愛していないことであり、そんなことならもう話す必要はない。

封鎖解除となった。「リンリンリンリンリンリン」とベルが鳴り、一つ一つの「リン」はひんやりとした点であるが、一点一点が連なると破線となって、時間と空間を切断する。

一陣の歓呼の風がこの大都会を吹き抜け、路面電車はゴロンゴロンと進んで行く。宗楨が突然立ち上がり、人ごみを押しわけ、姿を消した。翠遠はそっぽを向いて、放っておいた。去ってしまった彼は、彼女にとっては、死んだも同然だった。電車は加速して進み、夕暮れの歩道では、乾し臭豆腐屋（チョウトウフー）[7]が天秤棒の荷を下ろし目を閉じてお神籤（みくじ）を引き、運勢を占っている。金髪の大柄な女性が、背中に大きな日除け帽を載せ、歯を剝（む）き出しにしてイタリア水兵に笑いかけ、冗談を言っている。翠遠の目に彼らの姿が入った——彼らは生きてはいるが、それもその一瞬だけのこと。電車がゴロンゴロンと走り去れば、彼らはひとりずつ死んでいくのだから。

翠遠は悩ましげに目を閉じた。もしも彼が電話を掛けてきたら、きっと自分は自制が効かず、格別な熱い思いで応じてしまうだろう——彼は一度死んでまた生き返った人なのだから。

車内に灯りがつくと、彼女の目に遠くの元の席に座った彼の姿が飛び込んできた。彼女はブルッと震えた——なんと彼は電車を降りたのではなかったのだ！　彼女にも

7　発酵液に浸けた豆腐の乾物。

彼の心が分かった——封鎖期間中のすべては、起きていないのと同じ。上海全体がまどろんで、情理に合わない夢を見ていたのだ。

運転手が大声で歌っている。「悲しやー悲しいー！　ひとり銭なしいー　悲しやー悲しー」古着修繕の婆さんが大慌てで電車の先頭部を掠めて、大通りを横切った。電車の運転手が怒鳴る——「クソ婆！」と。

囁き

「夜深まりて私語(ささやき)を聞く、月落ちること金盆(きんぽん)の如し」[1]そんな時の話とは、打ち明け話でなくとも打ち明け話になってしまうのでは？　これからお話しすることをもったいぶって大事な秘密とするつもりはないのだが、この文章は編集者の厳しい催促で、大慌てで書くものだから、言葉を吟味する暇もなく、書くものはみな改めて考える必要もないような、永遠に頭の中にあるもの、無意識の一背景とも言えよう。それはつまり「月落ちること金盆の如」き夜に、誰かがヒソヒソとクドクドとあなたに語って聞かせるようなものなのだから！

今朝、大家が人を寄越してマンションのスチーム・パイプの長さを測らせたのは、取り外して売り払うつもりなのだろう。私の叔母さんが思わず感慨深げに言うには、今の人が考えることはげすなことばかり、目先のことしか考えない、これぞまさしく乱世。

乱世の人は、その日暮らしで、本当の家を持たない。だけど叔母さんの家に対し私は永久不変という感覚を抱いている。叔母さんと私の母とは長年同居しており、何度か引っ越して、しかもその時には母はいつも上海におらず、叔母さんはひとりで残っていたのだが、彼女の家は私にとって最初から精巧完璧な一つの体系なのであり、ちょっとばかり傷があっても許せなかった。一昨日に私はテーブルに敷いていたガラス板を割ってしまい、相場によれば六百元を弁償しなくてはならず、私はこの二、三日は折あしく破産状態、それでも大急ぎで大工を呼んできた。最近なぜか物を壊す傾向がとても強い（グラスや皿、お碗、ちりれんげはもとより数には入れておらず、たまに叔母さんがティー・カップを割ると、私はいつも上機嫌で「今度は叔母さんの割る番でした！」と言う）。この前は急いでベランダに出て洋服を取り込もうとしたところ、ガラス戸が押しても開かず、ひざ頭が戸にぶつかって、ガチャーンと音がしてガラスが粉々に割れ、ひざ頭はちょっと擦り剝(む)いただけなのに、

1　唐代の詩人杜甫の作「蜀僧の閭丘(りょきゅう)師兄に贈る」に「夜闌(よるたけなわ)にして軟語(なんご)に接す、落月金盆(らくげつきんぼん)の如し」の一句がある。「軟語」は仏典の言葉で静かなはなしの意味、「落月」は夜明けに残る月の意味。鈴木虎雄訳『続国訳漢文大成　文学部第五巻　杜少陵詩集第二巻』東洋文化協会一九五七年刊行を参照。

血が流れ、足の甲まで撥ねかかったので、赤チンを塗ると、赤チンは血痕の跡をたどって流れ落ち、大刀の王五（ワン・ウー2）のひと太刀を浴びたかのよう。叔母さんに診てもらうと、腰を屈（かが）め、チラリと見て、命に別条なしと分かると、ガラスのことを心配するので、私はまたもや一枚はめ直すことと相成った。

今の家はそれ自体としては精密にできており完璧なのだが、私はその中であちこちぶつかってはモノを壊しており、本当の家というのは身に合った、自分の生まれ育ちと共にあるべきものなので、昔の家が思い出されるのだ。

最初の家は天津にあった。私は上海で生まれたが、二歳の時に北方に引っ越したのだ。北京にも行ったことがあるが、メイドに抱かれてあちこち行って、彼女の首の柔らかい皮膚を手で引っ張っていたことしか覚えていない——彼女は歳を取るにつれ、首の皮膚が垂れ下がってきて、私は顎の下を手探りしていると、次第に異なる感触を覚えたものだ。小さい時の私はひどくわがままで、機嫌が悪くなると、彼女の顔をひっかいて満面血だらけにした。彼女は何（ホー）という姓で、「何干（ホーカン）」と呼ばれていた。どこの方言かは知らないが、私たちは女中をナントカ干（かん）ナントカ干と呼んでいた。何干というのは今はやりの「何若（ホールオ）」「何之（ホーチー）」「何心（ホーシン）」というペンネームに良く似ている。

バーナード・ショーの戯曲『傷心の家』という本を持っているのだが、これは私の父がその昔に買ったものだ。余白に父の英語によるメモが残されている。

「天津、華北。
一九二六。三十二号路六十一号。
ティモシー・C・張」

私はこれまで本にご丁寧にも氏名を書き、日付や住所を明記するのはほとんどくだらない趣味と思っていたが、最近この本に書かれた数行を読んで、とてもうれしかった――春日(しゅんじつ)は遅遅(ちち)たりという雰囲気が漂い[3]、私たちが天津の家にいるかのようだったから。

院子(ユアンツ)[4]にはブランコがあり、背の高いメイド――額に疤(パー)［傷跡のこと］が一つあるので私は「疤丫丫(バーヤーヤー)[5]」と呼んでいた――がある時このブランコに乗って一番高いところま

2　大刀の王五の本名は王正誼（一八四四〜一九〇〇）。北京の武術家の義侠。戊戌維新の際に譚嗣同(たんしどう)を助け、義和団事件の際に八カ国連合軍と戦って捕らえられ処刑された。

3　春の日はのどか、の意味。『詩経』豳風(ひんぷう)「七月」の一句。石川忠久著『詩経』（明徳出版社）を参照。

で漕ぎ上がったところ、ヒュッとひっくり返ったことがある。北側の院子ではニワトリを飼っていた。夏の昼時に私は白地に小さな赤いハートの柄の絹のシャツと赤いズボンをはいて、縁台に座り、お碗いっぱいの薄緑で、渋くてかすかに甘い六一散(ろくいちさん)[6]を飲み終えると、謎々の本を読むうちに、節(ふし)をつけ音読した――「小犬ちゃん、一歩歩けば、一口咬(か)む」。答は鋏(はさみ)だった。ほかに童歌の歌集があり、その中の一首は最も理想的な半分は村で半分は町での隠遁生活を描いたもので、一句だけ覚えているのは「桃枝桃葉、偏房を作る」で、あまり子供らしい文句ではない[7]。

中庭の一角には黒石の砧(きぬた)が置かれ、読み書きができ、胸に大志を抱いた男の召し使いが、いつも毛筆に水を含ませ砧の上で大きな字を書く稽古をしていた。この人は小柄で細身の美男子で、『三国志演義』の話を聞かせてくれたので、私は彼のことが好きで、「毛物(マオウー)」というわけの分からぬ名前を付けていた。そして毛物の二人の弟のことは「二毛物(アルマオウー)」「三毛物(サンマオウー)」と呼ぶのだ。毛物の妻は「毛物新娘子(マオウーシンニアンツ)」[8]と呼び、略称「毛娘(マオニアン)」だった。毛娘は赤いほっぺの卵形の顔で、潤んだ瞳に、お腹の中は「孟麗君、女だてらに男装し、科挙の試験に首席合格」[9]の心意気を持つ大変愛すべき人だったが大変な策士でもあり、疤丫丫はのちに三毛物の妻になるのだが、毛娘にひどくいじめられた。もちろん当時の私にはそんなことは分からず、単純に彼らを愛すべき一家と思っていた。彼らは南京人だったので、私は南京の庶民に対し明るく豊かで温かい人たちという事実とは異なる印象を長いこと抱いていた。しばらくしてから彼らはわが家を出て、雑貨店を開いたので、メイドが私と弟とを連れてお店に応援の買い物に出

4　四合院（しごういん）の中庭のこと。四合院は北方中国の伝統的住宅で、方形の院子を囲んで、一棟三室、東西南北計四棟の建物から構成される。大型の場合、敷地は南北に伸びて棟数が増加し、院子が二つ三つと数を増すに従い、二進院、三進院と呼ばれる。道路に面した建物の壁と接続して高さ三メートル近い煉瓦塀が築かれ、南側には中国式の門を構えている。たとえば北京の魯迅邸は五〇〇坪あり、魯迅の母と魯迅三兄弟およびその家族、使用人たちが住んでいた。

5　丫丫（ヤートウ）はメイドの幼児語。

6　暑気払いの漢方薬、主な成分は滑石・甘草。

7　偏房は四合院の中央の正房に対し東西両側の部屋の呼称。お妾の意味もある。

8　新娘子は花嫁の意味。

9　孟麗君は清代中期の杭州の女性詩人陳端生（一七五一～一七九六頃）の小説『再生縁』のヒロインで、元朝を舞台に男装して大活躍する。

かけ、無理して粗悪品の花柄の魔法瓶を何本か買ってあげ、店の二階でお茶を飲み、ガラス瓶の中のアメ玉を食べたことがあり、これも豊かで温かいという印象となって残った。しかし彼らの店はついに赤字となり、大変な苦境に陥った。毛物の母親は嫁が二人もいるのに誰も孫息子を産んでくれないと責めていたが、毛娘は陰で恨み言を言っていた――誰が夫婦二組を同じ部屋で寝かせてるの、ベッドには蚊張（かや）が付いてはいるけどね。

私の弟の世話をしていたメイドは「張干（チャンカン）」といい、纏足[10]をしており、利発で負けん気が強く、いつも先頭に立っていた。私の世話をしていた「何干」は、女の子のお守りであるため、引け目を感じ、何事も彼女に譲っていた。私は彼女の男尊女卑の口振りに我慢ならず、いつも文句を言うと、彼女はこう答えたものだった。「そんな性格だと独家村（トゥチア）[11]に住むしかない！　大きくなったら遠いところにお嫁に行ってちょうだい――弟だって帰っておいでなんて言わないから！」彼女はお箸を持つ手の位置で私の将来の運命を占えた。「お箸を近くに持つから、嫁入り先は遠くなる」私は慌てて持つ手をお箸の上のほうに移して「これでいいの？」と聞いた。「遠くに持てばもちろん嫁入り先は遠くなる」と彼女は断じる。私は怒って無視することにした。張干が私に幼い時から男女平等の問題を考えさせてくれたのだ——がんばって強くなり、必ずや弟に勝たねばならんと。

弟が実に意気地なしだったのは、病気がちで、食事制限をしなくてはならず、そのためひどく食い意地が張っており、人が口を動かしていると口を開けて何を食べているのか見せろと言うのだ。病気で寝こむと、松子糖(ソンツータン)——松の実を搗(つ)いて粉にして、氷砂糖の粉に混ぜあわせたもの——が食べたいと駄々をこねたので、みなが砂糖に黄連(おうれん)[12]の汁を足して、弟に飲ませ、諦めさせようとしたものの、弟は大泣きして、握り拳をスッポリ口に入れてしまい、なおも欲しがった。そこで弟の拳に黄連の汁を塗り付けたのだ。弟は拳を吸いながら、いっそう激しく泣き出した。

松子糖は金色の耳が付いた小さな絵柄の磁器の瓶(かめ)にしまわれていた。その隣にはオ

10 近代以前の中国の風俗で、女児が四〜五歳になると、足指に長い布帛を巻き、第一指(親指)以外の指を足裏に折り込んで固く縛り、成長させなかった。民国となってからはほとんど廃滅。

11 家が一軒しかないほど辺鄙(へんぴ)な村。

12 下痢止めなどに効く漢方薬。

レンジ色の桃の形の磁器の瓶があり、中味はベビーパウダーだった。午後の陽光が、きれいに磨かれた古い化粧台を照らす。張干が柿を買ってきて引き出しに入れたことがある——まだ熟していないので、とりあえずそこにしまったのだ。二、三日後に私が引き出しを開けてみたのは、張干は柿のことを忘れてしまったのではと次第に疑うようになったためだが、彼女に聞けなかったのは、奇妙な自尊心のためだった。何日も過ぎると、柿はドロドロになってしまった。とても残念に思ったので、今でも覚えている。

最初の家には私の母たる人物はいなかったのだが、なんの不自由も感じなかったのは、母は早くからいなかったからである。母がいた頃には、毎朝メイドが私を抱えて母のベッドまで連れて行っていたことを覚えている——それは真鍮（しんちゅう）製のベッドで、私は格子模様の青い錦織のカバーの上に這い上がり、母のあとについてわけも分からぬままに唐詩を暗誦した。母は目覚めたばかりでいつも機嫌は良くなく、私とひとしきり遊ぶとようやく上機嫌になった。漢字カードは、まさにベッドの端でうつ伏せになって覚えたのであり、毎日午後に二文字覚えると、緑豆糕（リュイトウカオ）[13]を二つ食べさせてくれた。

その後私の父は外にお妾さんを囲い、私を妾宅まで遊びに連れて行こうと、私を抱っこして裏門まで来たところ、私がどうしても行きたくなくて、必死に門にしがみつき、両足をバタバタさせたので、父は怒って私を横抱きにして何度か叩き、ようやく抱っこして連れて行った。向こうに着くと、私はとてもおとなしくアメをたくさん食べた。妾宅にはマホガニーの家具があり、雲母石を真ん中に嵌めこんだ彫刻家具の円卓には高脚の銀の皿が置かれて、おまけにお妾さんは私に対してはとても愛想が良かった。

母は叔母さんと一緒に渡欧したのだが、乗船の日の母は竹製ベッドに突っ伏して激しく泣き、緑の上着と緑のスカートには揺れ動いては光る薄い破片のようなものがピッタリと付いていた。使用人が何度もお時間ですと催促に来たが、母の耳には入らぬようす、彼らも声掛けできなくなり、私を押し出してこう言わせた。「叔母さん、間に合いませんよ」（私は父の兄弟の家を継ぐことになっていたので、両親を叔父さん叔母さんと呼んでいたのだ）母は私に構わず、ひたすら泣いた。母がそこで寝てい

13　緑豆粉に砂糖を混ぜて作る、落雁に似た菓子。

るようすは船室のガラス窓に映る海のよう、緑の小さくて薄い破片、ではあるものの大海の尽きせぬ波濤のような悲しみでもあった。

私は竹製ベッドの前に立ち、母を見ていたがどうしてよいか分からず、使用人たちもほかの言葉は教えてくれなかったが、幸いにもそのひとりが私の手を引いて連れ出してくれた。

母が去ると、お妾さんが越してきた。家の中はとても賑やかになり、いつも宴会が開かれ、芸者が呼ばれた。私はカーテンの陰に隠れてこっそり見ていたが、とりわけソファに座った十六、七歳の二人姉妹が気になった——前髪を劉海(リウハイ)[14]にして、おそろいの翡翠(ひすい)色の袷(あわせ)とズボンをはいて、真っ白いようすで寄り添って、一緒に生まれたかのようだった。

お妾さんは弟を好まず、もっぱら私を持ち上げ、毎晩起士林(チーシーリン)[15]にダンスを見に連れて行った。私はテーブル席に座った。目の前のケーキのバター・クリームは眉と同じ高さだったが、私はすべて平らげ、やや赤みを帯びたたそがれの中で次第にウトウトし始め、三時か四時になると、使用人の背中におんぶされて帰宅するのが常だった。

家では弟と私のために教師を頼んだということは、私塾制度であり、朝から晩まで本を読み続け、夕方の窓辺でも身体が揺れていた。[16]「太王は獯于に事える」[17]にさしかかると、これは「太王は燻魚を嗜む」[18]に読み替えて暗誦した。その時期、私はしばしば暗誦できず悩んでいたが、それはおそらく元旦の朝に泣いたために、一年中泣き通すことになったのだろう――お正月に私はあらかじめメイドに、夜明けに起こして、みんなが新年を迎えるのを見たいからと言い付けておいたのだが、彼らは私が夜更かしして辛いだろうと思い、起こさなかったので、私が目覚めると爆竹は終わっていた。すべての華やかな賑わいは過ぎ去っていたので、私の分の新年の福はなくなったと思い、ベッドで寝たまま、大泣きに泣いて、起きようとせず、とうとう手を引かれて起こされて小さな籐の椅子に座らされ、新品の靴を履かせてもらった時にも、まだ泣い

---

14 額の前に切りそろえて垂らした髪。伝説上の仙童の名前に因む。
15 一九〇八年ドイツ人の Kiessling が創業した天津の西洋レストラン。
16 音読のリズムに合わせて身体が揺れることを言ったと思われる。
17 『孟子』「梁恵王下篇」に「大王は獯鬻に事える」という一句がある。獯鬻は異民族の名で古代の北方民族。本文の「太王」「獯于」は原文通り。
18 「事獯于」（獯于に事える）と「嗜燻魚」（燻魚を嗜む）は発音が同じである。

ていた——新品の靴を履いたって新年の朝には間に合わないじゃない。

お妾さんは一階の暗くて散らかった大部屋に住んでいたが、私はめったに出入りせず、父のオンドルの前で本を暗誦した。お妾さんも読み書きができたので、自分の甥に「池の中、魚が泳ぎ回ってる」と読ませては、気ままに殴るので、甥の顔はいつも腫れており目が開かないほどだった。彼女は私の父も殴り、痰壺で叩かれた父は頭が割れてしまった。そこで一族のある者が出て来て話を付け、彼女を追い出した。私は二階の窓辺に腰掛け、玄関から二台の大八車が出て行くのを見たが、それは彼女が持ち去る銀器や家具だった。ボーイたちはみな、「これからは良くなるぞ！」と言っていた。

私が上海にやって来たのは八歳の時で、船で黒水洋と緑水洋[19]を通過したが、確かに黒いところは漆黒で、緑のところはエメラルド・グリーンで、それまでは本でも海への賛美は読んだことがなかったが、それでも晴れ晴れとした気持ちになった。船室で寝るときにはとっくに何度も読んでいた『西遊記』を読んだが、『西遊記』には灼熱の砂漠しかなかった。

上海に着くと、馬車に乗ったので、私は田舎者丸出しで大喜びし、着ていたピンクの地のキャラコのシャツとズボンには青い蝶が舞っていた。私たちは小さな石庫門[20]の家に住んだ。赤いペンキの板壁だった。私には、それもキリッとした真紅の楽しみであった。

しかし父はその時にはモルヒネの打ちすぎで、瀕死の状態だった。父はベランダにひとり腰掛け、頭にお絞りを載せて、両眼は前方直視、軒下では牛の筋か荒縄のような太くて白い雨が降っていた。ザーザー降りの雨で、父がブツブツ呟く言葉はよく聞こえず、私はとても恐かった。

メイドが私に良い報せ(しら)です、お母さまがお帰りになります、と言った。母が帰ってきた日に私は一番きれいだと思っていた可愛い赤い袷(あわせ)の上着を着たいと駄々をこねたのだが、母が私を見て言った最初の言葉は「どうしてこんな小さい服を着せてるの?」で、すぐに私は新しい服を作り、すべてが新しくなった。父は前非を悔い、病

19　共に黄海の別称。水深の深い東側を黒水洋と、水深の浅い西側を緑水洋(または青水洋)と称する。

20　近代上海の中洋折衷型の建築様式で、木材と煉瓦で組み立てた二～三階建ての住居群が中庭兼用の路地を囲んで建ち、路地の入口に石造りの大門(石庫)が置かれる。

院に送られた。私たちは庭付きの洋館に引っ越し、そこには犬がいて、花が咲き、童話の本があり、家はにわかに洗練されて、華やかな親戚や友人が多くやって来るようになった。母と太った伯母とがピアノの椅子に並んで腰掛け、映画の中のラブ・シーンを演じると、私は床に座って眺めながら、大笑いして、狼皮の敷物の上を転げ回った。

私は天津の遊び友だちに手紙を書き、私たちの新居を描くのに、便箋三枚を使い、さらに絵まで描いた。返事はこなかった——あんなに俗っぽい自慢では、誰だって不愉快になるだろう。家のすべては美の頂点だと思っていた。藍色のソファ・カバーと古い赤いバラ色の絨毯(じゅうたん)との組み合わせであり、実はそれはあまり合っていないのだが、それでも私はこの組み合わせが好きで、ついでにイギリスまでが好きになったのは、英格蘭(イングランド)という三文字が私に青空の下の小さな赤いおうちを思い出させるからだが、法蘭西(フランス)は小雨の中の青色、浴室のタイルのように、濡れて髪油の香を発していた——母は私にイギリスはしょっちゅう雨が降り、フランスは晴朗だと話したが、私の最初の印象は変わらなかった。

母はほかにも絵の背景に赤は極力避けるように、背景は見たときにそれなりの距離があるべきで、赤い背景は眼前にあると感じさせるものだから、とも教えてくれたが、私と弟の寝室の壁はその距離のないオレンジ色で、それは私が選んだものであり、私は子供を描くにも暖かそうで親しげな赤い壁に描くのが好きだった。

絵を描くほかに私はピアノを弾き、英語を習い、おそらく生涯で唯一この時期だけは洋風淑女の品格を備えていたことだろう。ほかにはゆとりによるセンチメンタリズムに満ち溢れ、本に挟まれた一輪の花を見つけ、母からその由来を聞くと、涙さえ流したものだ。母はこれを見ると弟に向かい「見てごらんお姉さんはアメ玉が欲しくて泣いてるんじゃないのよ！」と言う。私はお褒めに与(あずか)り、うれしくなると、涙も止まってしまい、実にきまり悪い思いがした。

『小説月報』[21]にちょうど老舎(ラオショー)[22]の『馬(マー)さん父子(おやこ)』[23]が連載中で、母は水洗トイレに座っ

21 当時中国最大の出版社商務印書館が一九一〇年に創刊したエンターテインメント系の文芸誌。二一年一月号より五・四新文学と外国文学紹介を中心とする純文学雑誌に改組された。

22 ろうしゃ、本名は舒慶春（一八九九〜一九六六）。北京の貧しい満州旗人の家に生まれ、純粋の北京語と特異な風刺とで知られる作家。文化大革命で迫害死。

23 一九二九年五月より『小説月報』に連載された長篇小説で、ロンドンで骨とう品店を営む馬さん父子と、彼ら二人が下宿する家のウインター夫人とその娘とのあいだの恋愛を描く。

て読んでおり、笑いながら、読み上げるので、私はドアの框に寄り掛かって笑っていた。それで今に至るも私は『馬さん父子』が好きなのだ——老舎のその後の『離婚』[24]や『汽車』[25]のほうがもっとおもしろいのだが。

父は病気が治ると、また前言を取り消し、生活費を出そうとせず、母に補塡させて、母のお金を使い切らせようと考えた——、そうなれば母は出て行こうにも出て行きようがなくなる。二人は激しく言い争い、これに驚いた使用人たちは子供を連れ出し、いい子にして、余計なことに口出ししてはいけないと命じた。私と弟はベランダで静かに三輪の自転車を漕いだが、二人とも声も立てず、晩春のベランダには緑の竹のすだれが掛けられ、一面陽の光の束で埋め尽くされていた。

父と母はついに協議離婚した。叔母さんも前から父とは意見が合わなかったので、私の母と共に引っ越し、父は路地裏の家に転居した（私の父は「衣食住」に対して元々無頓着で、「足」にだけは関心を寄せて、自動車にのみ惜しみなくお金を使った）。二人の離婚は、私に意見を求めるものではなかったが、私は賛成を表明した——あの赤くて藍色の家に住めなくなったのだから、心の中はもちろん暗かった。幸い協議書には私はいつでも母に会いに行けると書かれていた。母のマンションで床に設置されたタイル張りのバスタブとガスボイラーを初めて見て、私はとてもうれしく、慰められた。

まもなく母はフランスに行くことになり、私は学校の寄宿舎に入っていたので、母が会いに来たが、私は別れを惜しむようなようすは何も見せず、母も物事はこんなふうにスラスラと跡も残さず過ぎて行き、何の面倒もないのと上機嫌のようすだったが、そのいっぽうで「若い世代って、なんて冷たいの！」と思っていることは私には分かっていた。母が校門を出るまで、私は遠く校庭から松や杉の大木を隔てて赤い鉄門が閉じられるのを見ていたが、それでも実感がわかず、とはいえ次第にこのような状況では涙が必要なのだと思い始め、すると涙が出て来て、寒風の中で大きな音を立ててしゃくりあげ、自分に見せるために泣いたのだった。

母は去ったが、叔母さんの家には母の雰囲気、精巧な七巧板（チーチアオパン）[26]式のテーブル、柔ら

24 一九三三年の長篇小説。
25 一九三九年の短篇小説集。
26 知恵の板。正方形の板を正三角形五枚、正方形、平行四辺形各一枚に分割し、これを並べかえて各種の図形を作って遊ぶ。

かな色合いが残っており、私にはよく分からない面白い人々が出入りしていた。私が知っていた最良のもののすべてが、精神的にせよ物質的にせよ、みなここにあった。そのため私にとっては、精神的善と物質的善とは、これまで一体化しており、一般に青年が考えるような霊と肉とが対立し、しばしば衝突し、痛ましい犠牲を伴うということはなかった。

　そのいっぽうで父の家があり、そこのものすべてを私は軽蔑した――アヘン、弟に「漢高祖論」[27]を書かせる老先生、章回小説[28]、ダラダラと埃まみれの暮らし。拝火教(ゾロアスター)のペルシア人のように、私は世界を無理やりに半分に分けた――光明と暗黒、善と悪、神と悪魔とに。父の側に属しているものは絶対に悪い――私も時には好きになるのだが。私はアヘンの煙や、煙のような陽光、部屋の中で散乱する小新聞が好きで（今でも、折り重なった小新聞は私に家庭的な安心感を与えてくれる）、小新聞を読みながら、父と親戚たちをめぐる笑い話をするのだ――父が寂しかったことは私にも分かっており、寂しい時の父は私を愛した。父の部屋は永遠の昼下がり、そこにずっと座っていると、沈み、沈んでいくような感じがした。

　将来の展望としては私には遠大なる計画があり、中学を卒業したらイギリスの大学に留学し、一時はアニメーション映画を学んで、ドンドン中国画の作風をアメリカに紹介したいと考えていた。林語堂(リン・ユイタン)[29]よりも有名になり、最高にお洒落(しゃれ)な服を着て、世界を周遊し、上海に自分の家を持ち、スッキリした暮らしを送りたかったのだ。

ところが確固たる、真の現実が立ち現れてきた。父が結婚するというのだ。叔母さんはこの報せを夏の夜の小さなベランダで私に最初に話した。私が泣き出したのは、継母に関する小説をたくさん読んでいたのに、それがわが身に起きるとは思いもよらなかったからだ。私は追い詰められた感覚のみを抱いていた——何がなんでもこれは止めなくては。もしもその女が目の前で、鉄製の欄干に胸からもたれかかっていたら、必ずベランダから突き落としてやる、これで問題解決だ。

継母もアヘンを吸った。結婚後まもなく私たちは中華民国初期スタイルの古い洋館

27 漢の高祖とは前漢の初代皇帝の劉邦(紀元前二四七~前一九五)。
28 『三国志演義』『西遊記』など回を分けた形式の長篇小説。
29 りんごどう(一八九五~一九七六)。小説家、エッセイスト、一九三六年以降アメリカに定住、中国文化を紹介し、晩年は台湾・香港に住んだ。主著に『わが国土、わが国民』『北京好日』『蘇東坡』『生活の芸術』など。

に引っ越したが、これは本来自分の持ち家で、私はこの家で生まれたのだ。家の中はわが家の記憶に充ちており、繰り返し複写した写真のように、雰囲気全体がやや曖昧だった。太陽のある場所では居眠りしたくなり、暗い場所では古いお墓の清涼感がある。家の暗い中心部は冴えわたり、それ自体の怪しげな世界を持っている。そして陰陽が交わる周縁では、陽光が見られ、電車のベルとバーゲン・セールの呉服屋で楽隊が繰り返し奏でる『蘇三(スーサン)、泣かないで』[30]が聞こえるので、この陽光の中には昏睡あるのみだった。

私は寄宿舎に住み、ほとんど帰宅せず、家で弟と老いた「何干」がいじめを受けているのを見ると、とても不愉快だったが、実際にめったに帰ることはなく、遠慮気味にお茶を濁していた。父は私の作文がご自慢で、詩を作るように勧めたこともある。全部で三首の七言絶句を作り、その第二首は「夏雨」を詠んだもので、そのうちの二句に先生による高評価の圏点[31]がびっしり付せられたので、私も良く書けたと思っていた。「声は羯鼓(かっこ)[32]の如くして花の発(ひら)くを催(うなが)し、雨を帯びて蓮は開く第一枝」第三首は花木蘭[33]を詠んだが、まったくサマにならず、興味がなくなり、勉強を続ける気がなくなってしまった。

中学卒業の年に、母が帰国し、私の態度に目に見える変化があったとは思えないのだが、父はそれに気付いていた。父としてみれば、それは我慢できないことである、長年父と暮らし、扶養され、教育を受けたというのに、心は母のほうにあるのだから。状況をさらに悪化させたのは、私が演説口調で父に留学したいという希望を伝えたことだった――しかもつっかえつっかえ、とてもへたな演説だった。父は怒りを爆発させ、私が唆（そそのか）されたのだと言った。継母はその場で怒鳴った。「お前の母親は離婚したっていうのに、まだあんたたちのことに口出しするのかい。この家が気になるっていうのなら、なんで戻って来ないんだい？　だけどもう手後れ、戻って来てもお妾さんにしかなれないよ！」

上海事変[34]が始まり、私のことはしばらく放っておかれた。私たちの家は蘇州河[35]に近

30　伝統劇に、殺人の冤罪で死罪を申し渡された明代の名妓蘇三が、彼女が貞節を誓ってきた元の恋人に救われるという『玉堂春』の物語がある。

31　文章中の急所などを示すため文字の傍につけるしるしで、中国では○、◎等が使われる。

32　腰に吊し両手のばちで両側の皮面を打つ太鼓。異民族の羯族（けつぞく）から伝わった。

33　古代に父の代わりに男装して従軍し活躍した若い女性をめぐる伝承の物語。

く、夜も砲声が聞こえて寝付けなかったので、私は母の元に行き二週間滞在した。帰宅した日に、継母が尋ねた。「出掛ける前になぜ私のところに来てひと言断らなかったんだい」私は父に言ったと答えた。「へえ、父親には言ったんだ！　おまえの眼中に私のことなんかないのかい？」と言って彼女は私にビンタを張ったので、私も本能的にやり返そうとしたが、駆け付けた二人のメイドに引き止められた。継母は階段を駆け上がりながら「あの娘が殴った、あの娘が殴った！」とキャーキャー叫んだ。この瞬間、すべて変わってしまったことは明々白々だった——、百葉の窓を下ろした暗い食堂では、テーブルに食事がすでに並べられ、金魚のいない金魚鉢には、白磁の瓶にオレンジ色の藻草が細かく描かれている。スリッパをつっかけた父がパタパタと駆け下りて来て、私を押さえ付けると、殴る蹴るの暴行を加え、「これでも殴る気か！　お前が殴るなら俺が殴ってやる！　今日こそは殴り殺してやる！」私の首はあちこちにかしぎ、それがいつまでも続き、ガーンと耳鳴りがして聞こえなくなった。私は床に座り込み、そのまま伸びてしまったが、父はそれでも私の髪をつかんで蹴りつづけた。そしてようやく引き離された。私の心の内はとても醒めていて、母の言葉を思い出していたので、抵抗しようとは思わなかった。「万が一彼が殴っても、やり返してはだめよ、そうじゃないと、あなたが悪いと言われるのよ」父が二階に上がると、私は起き上がりバスルームに行き鏡の前に立ち、身体の傷や顔に残る赤い手形を見ると、そのまま警察署に通報しに行こうとした。正門まで行くと、門番のガードマンに止められこう言われた。「門は施錠されておりまして、鍵は旦那様のところです」私は試しに大声を出し、叫びながら門を蹴って、鉄門の外の警官の注意を引こうとしたが、うまくいかない――大声を出すというのも容易なことではないのだ。私が家の中に戻ると、父はまたキレてしまい、大きな花瓶を私の顔めがけて投げ付けたが、ちょっぴりはずれて、部屋中に破片が飛び散った。父がいなくなると、何干（ホーカン）が大声で泣きながら「どうしてこんなことまでするんです？」と言った。私はこの時になって初めて悔しさで胸いっぱいになり、激しい怒りに突き上げられて泣き出した。彼女を

34　第二次上海事変を指す。一九三七年七月七日に北京郊外で発生した盧溝橋事件に続けて、同年八月一三日に上海でも日中両軍の戦闘が始まり、日中戦争が全面化した。第二次上海事変では中国軍爆撃機による租界誤爆事件が起きている。

35　上海市内を東西に流れて黄浦江（こうほこう）に合流する川。当時は南に共同租界、北に日本人街があった。

抱いて長いこと泣いたのだった。しかし彼女が胸の内で私を責めていたのは、私を大事に思うあまり、憶病になって、父の心証を害した私が、辛い暮らしを一生送るのではないかと心配していたからで、この恐れが彼女の態度を冷たく硬くしていたのだ。私はひとり二階の空き部屋で一日中大泣きして、夜はマホガニーの大きな客用ベッドで寝た。

翌日、叔母さんがやって来て取りなそうとしたが、継母は会うなり「アヘン中毒を捕まえに来たのかね？」と冷笑した。叔母さんが口を開こうとすると父がアヘン用ベッドから飛び起きていきなり殴り掛かり、叔母さんにも傷を負わせ、病院送りにしたが、叔母さんが警察に届けなかったのは、わが家の大恥になるからだった。父は私をピストルで撃ち殺すと言い触らした。私はしばらく空き部屋に監禁され、自分が生まれたこの家は突然よそよそしいものに変わってしまった――月光の下の、闇の中から現れた青白いしっくいを塗った壁のように、一方的で狂っていた。ビバリー・ニコルズ[36]に狂人の正気と狂気の境をうたった詩がある。「あなたの心に眠るは月の光」、私はここまで読むとわが家の床板に映る藍色の月光を思い出す――あの静かな殺意を。

父に私を殺せるはずがないことは私にもわかっていたが、何年も閉じ込められたら、出された時にはすでに私ではなくなっている。数週間で私は何歳も老いてしまった。私はきつくベランダの木製の欄干を握った——木から水を絞り出そうとするかのように。頭上の空は輝かしき藍色だったが、当時の空に音が響いていたのは満天の飛行機のためである。私は爆弾がわが家に落ちることを希望し、彼らと共に死ぬことが私の願いであった。

何干は私が逃げ出すのを恐れ、繰り返し「この門から出てはいけませんよ！ 出たら戻ってこられなくなります」と念を押した。しかし私は多くの脱走計画を立て、『三銃士』『モンテ・クリスト伯』[37]がいっせいに頭に浮かんできた。最もよく覚えていたのは『九尾亀』[38]で章秋谷（チャン・チウクー）の友人の恋人が、上掛けを結び縄として、窓から吊り下ろされるところだった。私のところには通りに面した窓はなく、庭から塀を乗り越え

36 Beverley Nichols、（一八九八〜一九八三）、イギリスの作家。
37 ともにフランスの作家アレクサンドル・デュマ・ペールが十九世紀に発表した長篇冒険小説。
38 清末の妓楼小説、主人公の章秋谷の視点から妓女や各界の客が描かれる。張春帆作。

て出るしかない。塀際にあるガチョウ小屋を踏み台に使えるが、真夜中の静まりかえっている時に、驚いた二羽のガチョウが鳴き出したら、どうしよう？

庭ではガーガーと人を追いかけ突く白い大ガチョウを飼っており、唯一の樹木は白木蓮の大木で、とても大きな花を咲かせていたが、汚れた白いハンカチのような、紙屑のような、そこに投げ捨てられ、忘れられたような感じで、大きな白い花を一年中咲かせていた。こんなにうす汚い花はなかった。

逃げ道を考えている時に、私は重い赤痢にかかり、危うく死ぬところだった。父は医者も呼ばず、薬もなかった。病は半年も続き、ベッドに横たわり秋と冬のライト・ブルーの空や、向かいの門のやぐらから突き出た石灰石の鹿角、その下にズラリと並ぶ二列の小さな石の菩薩を眺めていた——今は何王朝、何時代なのかも分からず……ぼんやりとこの家で生まれ、またぼんやりとここで死ぬのか？　死んだら庭に埋められるのだ。

しかしそんなことを考えている間にも、私は全神経を集中させて大門が毎度開いたり閉じたりする音を聞いていた——ガードマンがガチャガチャと錆びついた閂を抜き取ると、ガランガランと大きな音がして、鉄門が開くのだ。寝ている間にもこの音に耳を傾けていると、ほかにも大門に通じる道には石炭がらが敷かれており、足元でジャリジャリ鳴る。私が病床に臥しているため彼らがガードを甘くしていたにしても、音を立てずに逃げ出せるのか？

壁につかまって歩けるようになるや、私は逃亡準備を始めた。先ず何干にかまをかけ二人のガードマンの交替時刻を聞き出し、真冬の夜に、窓際に伏せて望遠鏡で暗い道に誰もいないことを確認すると、塀沿いに一歩一歩手探りで鉄門まで辿り着き、閂を外して、門を開くと、望遠鏡を牛乳箱の上に置き、身を翻して外に出た。――本当に歩道の上に立ったんだ！　風はなく、陰暦正月近くのキーンとした寒さだけ、街灯の下は一面冷たい灰のようだったが、それはなんと懐かしい世界だろうか。私は通りの端を急ぎ足で進んだが、地面を踏むひと足ひと足が音高きキスだった。そのうえ私は家から少し離れたところで人力車夫と車代の交渉を始めたのだ――値切り方をまだ覚えているとはなんとうれしいことよ。本当に狂ってしまったのだ。いつ再び捕まって連れ戻されるかもしれないというのに。危機の中のこの滑稽さに初めて気付いたのは、問題が解決してからのことだった。

何干が私と共謀したという疑いで、巻き添えになったことを知ったのは、その後のことだ。継母が私の持ち物をすべて人に分け与えたのは、私は死んだことになったからだ。これが私のあの家での結末である。

私が母の家に逃げると、その年の夏には弟もやって来て、新聞紙で包んだバスケットボール・シューズを一足持ち、もう帰らないと言った。母は自分の経済力ではひとり分の養育費しか負担できないので、弟を引き取るわけにはいかないと説明した。弟は声を上げて泣き、私もそばで泣いていた。それから弟は結局帰っていった――あのバスケットボール・シューズを持って。

何干はコッソリと私の子供時代のおもちゃを思い出の品として持ち出してくれたが、その中の白い象牙を骨にしたライト・グリーンの駝鳥の羽の扇は、年代物であったため、一度扇ぐと羽が抜けてしまい、部屋中に舞い上がり、私は咽て咳きこみながら涙を流した。今でも弟がやって来た日のことを思い出すと、やはり同じような感覚を抱く。

私は補習してロンドン大学受験の準備をした。父の家で孤独に慣れてしまったため、にわかにまともな人間になろうとしても、しかも窮地にあって「淑女」になろうとしても、とても難しく思われた。それと同時に母が私のために大変な犠牲を払い、しかも私がそれだけの犠牲を払うに値するのかどうか疑っていることも分かっていた。私も疑っていた。いつも私はひとりでアパートの屋上のバルコニーをグルグルと歩き周(まわ)っていたが、スペイン風の白壁が藍色の空の間からくっきりと輪郭を現していた。頭上の真っ赤な太陽を見上げると、自分がまる裸で天の下に立ち、過剰な自負と卑下との咎(とが)により、すべての途方に暮れた未成年のように、裁きを受けているのだと思った。

この時には、母の家もやさしくはなかった。

大学には合格したが、戦争[39]のため、イギリスには行けなくなり、替わりに香港に行ったが、三年後には再び戦争[40]により、大学を卒業せずに上海に帰ってきたのだ。アパートの中の家はなおも元の場所に健在だった——私は家に対しかつてのようには絶対的信頼を置いていなかったが、それでもやはり大事に思っている。今では私は昔の夢の中に住みながら、昔の夢の中で新しい夢を見ているのだ。

39　日中戦争および一九三九年九月ドイツのポーランド侵攻とこれに対する英・仏の対独宣戦により始まった第二次世界大戦を指すのであろう。

40　一九四一年十二月の日本による真珠湾攻撃および香港侵攻により始まった太平洋戦争を指す。

ここまで書くと、背中に当たる風がヒンヤリとするので、ガラス戸を閉めに行ったところ、ベランダからほのかにかすんだ月が見えた。

古代から著者の子供時代までは夜には時を告げる太鼓が鳴り、今では雲呑売りの拍子木が鳴り、それは千年来無数の人の夢のリズムなのだ。「托、托、托、托」——愛すべく哀しむべき歳月よ！

解説

藤井省三

かつてオールド上海に、華麗な文体と巧みな構成による恋愛小説を引っ提げ、彗星のごとく登場した作家がいた。その名は張愛玲(チャン・アイリン)(ちょうあいれい、本名は張煐、一九二〇〜九五)、英語名をEileen Changという。

彼女は「まるで七、八台の蓄音機が同時に唱い出し、めいめい勝手に自分の歌をうたって、混沌状態になってしまうような」「体系性のない現実」の喧騒の中から、「人を泣かせ眼を輝かせるような一瞬」(「戦場の香港——燼余録」)を見出しては珠玉の恋物語を書いたが、それは常に文明の本質を鋭く問い直すものであり、恋愛、貨幣など上海・香港に移植された近代西欧システムの本質を冷徹に抉り出すいっぽう、大家族制度など中国伝統の澱みをも哀惜の情を抱きつつ暴露した。魯迅(ルーシュン)(ろじん、一八八一〜一九三六)を現代中国文学の父に喩えるならば、現代文学の長姉に喩えうる作家が張愛玲といえよう。現在ではフェミニズム文学の先駆けとしても注目されている。

張愛玲をめぐる批評や研究は中国大陸や香港・台湾は元より、日本・韓国・欧米など世界中に溢れているが、この解説では主に邵迎建・徳島大学教授の名著『伝奇文学と流言人生：一九四〇年代上海・張愛玲の文学』（御茶の水書房、二〇〇二）と張恵苑・杭州師範大学副教授の労作『張愛玲年譜』（天津人民出版社、二〇一四）とに依拠しつつ、私の研究も加味して、張愛玲の人と文学を紹介したい。

（一）張一族の人々および張愛玲の香港留学

張愛玲は清朝末期から中華民国にかけて、没落大官僚の家の貴族的環境で育った。使用人たちに囲まれた贅を尽くした暮らしや古典暗誦の伝統、父や継母のアヘン吸飲癖や家庭内暴力という頽廃、英語教育や留学に代表されるモダニティとが混淆するこの大家族から彼女が受けた影響は、現代人が想像する以上に深いものがあるに違いない。大家族の成員たちはそれぞれが小説の登場人物にもなり得る人たちであろう。本節ではやや詳しく一族の人々を紹介したい。

愛玲の祖父の張佩綸（チャン・ペイルン）は科挙最終段階の試験を突破した進士で政府高官も務めたが、

中仏戦争（一八八四）の敗戦により失脚するいっぽうで、学術書を残した。祖母李菊藕（リー・チュイオウ）は清朝の大官僚であった李鴻章（リー・ホンチャン）（りこうしょう、一八二三〜一九〇一）の古典的教養豊かな長女である。張佩綸と李菊藕との間の一人息子が愛玲の父張志沂（チャン・チーイー）（字は廷衆、一八九六〜一九五三）で、辛亥革命（一九一一）で清朝が倒れ中華民国が成立したのちは、アヘンを吸い妾を同居させるなど、荒んだ若き遺臣の人生を送ったが、それでも英文学に親しみ、津浦鉄路局［津浦鉄路は清朝が英独からの借款で天津・南京浦口間に建設した鉄道。全長一〇〇九キロ、一九一二年開通］や日本の住友銀行上海支店で英語秘書を勤めた時期もあった。

愛玲の母、黄素瓊（ホワン・スーチョン）（別名逸梵、英語名Yvonne、一八九六〜一九五七）は長江水師提督の黄翼昇を祖父に持つ。幼少より家庭教師について古典を学び、一九一五年に張志沂に嫁ぎ、二〇年に愛玲を、翌年に息子の張子静（チャン・ツーチン）（一九二二〜一九九七）を産んだが、二四年に夫の妹の張茂淵（チャン・マオユアン）（一九〇一〜一九九一）とヨーロッパに留学し、三〇年に夫と離婚している。黄素瓊は同世代の多くの女性と同様に幼時に纏足を強制されていたが、外国で活発に活動した。離婚後の三二年再び渡欧し、三六年に帰国した後、シンガポールで鰐皮の手袋やベルトの製造に携わり、四一年にシンガポールが日本軍に占領された後は、インドで政治家のネールの姉の秘書を勤めた。四六年に帰国後、イギリスに渡って皮革製鞄の工場労働者となり、病没している。度重なる出国費用と国外滞在費は、父から相続した骨董品を処分して得た資金で賄っていたという。

愛玲の父は一九三四年に袁世凱政権で総理大臣などを務めた孫宝琦（スン・パオチー）の娘孫用蕃（スン・ヨンファン）（一九〇三～八六）と再婚している。当時の婚姻年齢は十代から二十代前半であったのだが、宝琦が三十代まで結婚しなかったのは、アヘン癖があったからだという。

愛玲の弟張子静は父と継母が使用人たちにアヘンの世話を受けながら薫らす煙が立ち込める家で育った。本書収録の自伝的エッセー「囁き」が描くように彼は幼少期から病弱で、これに日中戦争や太平洋戦争の影響が加わって、復旦大学中文系や聖ジョーンズ大学では入学・中退を繰り返している。一九四六年に中央銀行揚州支店に、四九年の人民共和国成立後は人民銀行上海支店に勤務したが、一年で別の職場に配置転換させられ、一九五二年からは小学教師となり八六年に退職した。銀行勤務時代に賭博に入れ上げたが、その後この悪習を絶っている。病弱と貧困のため、生涯独身であったという。

さて張愛玲自身は一九二〇年九月三〇日に上海共同租界西区麦根路313号（現、静安区康定東路87弄）の洋館で生まれた。三歳で父の津浦鉄路局英文秘書就任に伴い天津に転居、一九二四年夏、父が芸者遊びや蓄妾、博打やアヘンの放蕩にはまり込むいっぽう、母は夫の妹の張茂淵と共に欧州留学に旅立っており、エッセー「囁き」は当時のすさんだ家庭のようすや愛玲と別れる母の悲しみを淡々と描いている。母の留学後に父が家に連れて来た妾の名は如夫人で以前は老八という名の芸者であった。この年、愛玲と弟は家庭教師について四書五経の暗誦を始めており、教師は『西遊記』『三国志演義』なども話してくれたという。

愛玲が初めて物語を書いたのは六歳のことで、七歳で書いた最初の小説は家庭悲劇であったというが、「囁き」によればその年に妾との大喧嘩なども災いして父は失職し、妾を追い出して母に帰国を求めており、張家では実際に悲喜劇が演じられていた。八歳の年に一家で戻った上海では、母と叔母との帰国を迎えて、愛玲は幸せな一時期を過ごしており、母に絵を習い、ピアノと英語の教師の元にも通い、西洋淑女風に振る舞った。

一九三〇年夏、母は父の反対を押し切って愛玲をアメリカのミッション系の黄氏小学校の六年に編入させ、その際に彼女の名前を張煐から張愛玲に改名しており、愛玲とは英語名 Eileen の音訳であった。この年、母は父と離婚し、父の妹の茂淵と共にフランス租界にある高級マンションの白爾登公寓（ベルデン・アパートメンツ）（Belden Apartments、現、陝西南路213号）に住んだ。翌年、父がモルヒネ中毒で入院するいっぽう、愛玲は上海の名門女学校である聖マリア女学校中等部に入学している。そして一九三二年には同校の雑誌に短篇小説「不幸な彼女」を発表しており、これが彼女の最初の雑誌掲載作である。

一四歳の年に聖マリア女学校高等部に進学して寮生活を始めており、月曜日に自宅から運転手付き自家用車で送られて登校し、水曜日には愛玲お付きのメイドの何干が愛玲の好物の食品と着替えを届け洗濯物を持ち帰り、土曜日に運転手のお迎えで帰宅する、という貴族的な暮らしであった。しかし学校では暗く孤独で怠け者として知られており、「また忘れちゃった」が口癖で寮の規則破りの常習犯であった——とはいえ、自室では〝靴は靴箱にしまうべし〟を守らず、舎監に脱ぎっぱなしの古革靴を廊下に展示されてしまう、という程度の違反なのだが。それでも作文では抜群の才能を見せており、小説『モダン紅楼夢』を書くと父が章題を考えるなど、文才豊かな愛玲は父の自慢の娘であった。だが、父の弟に対する体罰を冷笑して看過する継母との関係は悪化していた。この時期はラジオの朗読者をしていた叔母張茂淵のマンションに遊びに行くのが、愛玲の楽しみとなっている。

一九三五年、一家は張愛玲が生まれた大きな洋館に転居した。愛玲の祖父の遺産相続に際し、二番目の伯父が宋代版本の書籍を一人占めしたことに対し父は裁判に訴えたが、継母の勧めで訴えを取り下げてしまい、その後にこれを知らされた父の妹の張茂淵は不快に思い、父の家への出入りをほとんど止めてしまっている。兄弟が古書の相続を裁判で争うというのは、いかにも伝統中国文人の家で生じそうなことであり、宋版ともなれば希少価値の高い研究資料であるだけでなく、芸術的骨董的価値も高く、物によっては国宝ともなるのである。しかしこれが後の愛玲家出事件に際し、父が茂淵の仲裁に耳を貸さず、この妹に暴行さえ働く遠因となったのであろうか。三六年には母がフランスから上海に戻り、ご飯の炊き方から、歩行時の姿勢、ユーモアの天才でなければ冗談を言ってはならない等々を教えている。なお母は帰国時にアメリカ人のボーイフレンドを連れていたという説と、Wagstaff（ワグスタッフ）というイギリス紳士を伴っていたが、恋人ではなく、友人に過ぎないという説とがある。

そして一九三七年が巡って来た──張愛玲にとっても中国にとっても運命的な年が。この年の夏、聖マリア女学校高等部を卒業した愛玲は父に演説口調で留学の希望を述べて父を怒らせてしまう。誰かに唆された！という父の怒りは元の妻と実の妹に向けられたものであったのだろう。七月には日本軍が華北に侵攻して日中戦争が始まっていたが、八月一三日には日本軍は租界を除く上海へ侵攻した。愛玲一家の豪邸は中国界との境界に近い蘇州河付近の共同租界に位置していたため、彼女は砲声のため夜も眠れず、やや離れたフランス租界の母の元に二週間避難した。愛玲が八月末に帰宅すると、この外泊を不快に思う継母に殴られ、さらに父からも暴行を受けて、彼女は逃走しようとするが、高い塀と大門の守衛に阻まれてしまう。翌日、叔母の張茂淵が取りなそうとやって来たが、アヘン用ベッドから飛び起きた父にアヘンキセルで殴られ、病院で六針を縫う大怪我を負わされる始末であった。

自宅の一室に監禁された愛玲は、飛行機の爆弾がわが家に落ちて一家と共に死ぬことを願いながら、脱出の機会をうかがっている内に赤痢に感染するが、父は医者の往診を頼もうとはしなかった。幸いにも彼女は何干の懸命の看護により一命を取り留め、監禁開始から半年後の正月過ぎ、警備が弛んだ隙に脱走に成功するのであった。この間の事情はエッセー「囁き」でも淡々と描かれているのだが、父が愛玲に伝奇小説よりも奇なる家庭内暴力を行使したのは、先祖伝来の財産に恵まれていても、元妻との夫婦関係も仕事も不順で、ついには娘にも裏切られたという喪失感が、アヘンの作用で狂気に転じてしまったためであろうか。愛玲にも旧王朝の若き遺臣、民国期の余計者である父の寂しさがよく分かっていたことは、エッセーの随所から察せられよう。

家出して母と叔母が住むマンションに身を寄せた愛玲は、母から結婚するのならそれなりの持参金を与えましょう、留学するならその費用を出しましょうと選択肢を示され、留学を選んでいる。ロンドン大学受験に向けて勉強に励む愛玲のため、母はユダヤ系イギリス人を数学の家庭教師に頼んだ。

愛玲は三八年年末に上海でロンドン大学東アジア地区入学試験を受け、翌年一月には同地区トップの成績で合格したものの、「囁き」によれば「戦争のため、イギリスには行けなくなり」、ロンドン留学の願いは叶わなかった。「戦争」とは一九三九年九月ドイツのポーランド侵攻とこれに対する英仏の対独宣戦により第二次世界大戦が始まる欧州情勢を指すのか、あるいは日本軍による三七年一二月南京占領、三八年一〇月武漢占領と拡大していく日中戦争を指すのか、「囁き」は明示していないが、恐らく東西二つの戦争を共に意味しているのであろう。

三九年八月二九日、張愛玲はロンドン大学入試成績書を持って香港大学文学部に入学した。香港では叔母張茂淵の親友でエンジニアの李開弟（リー・カイティー）が愛玲の後見人を務めている。ちなみに張茂淵と李開弟は一九二四年のイギリス留学途上の船で知り合い、以来、互いに恋情を胸に抱きながら故あって結ばれることはなかったが、半世紀後の一九七九年に結婚している。この大恋愛も小説の題材になり得よう。

香港大学での張愛玲は勉学に励み、すべての授業でトップの成績を収め、二つの奨学金を授与されており、卒業後のオックスフォード大学留学の希望に胸を膨らませていたという。また上海で宝石商を営むスリランカ人の父を持つ女学生ファティマ（Fatima Mohideen、中国名は炎桜）という親友を得てもいる。しかし太平洋戦争勃発が彼女の希望を打ち砕いてしまうのであった。

（二）中華民国期の上海

ここで作家張愛玲誕生まで話を進める前に、中華民国期の上海の社会と文化について復習しておきたい。以下は拙著『中国語圏文学史』の「第3期　狂熱の30年代（一九二八年〜一九三七年）：国民革命後のオールド上海」と「第4期　成熟と革新の40年代（一九三七年～一九四九年）：日中戦争と国共内戦」の二章をまとめたものである。

中国史では一九二〇年代は国民革命の大変革期であり、中国が安定を享受するのは一九二八年の蔣介石・国民党政権による統一以後のことであった。このかりそめの〝安定〟も、満州事変（一九三一）から日中全面戦争（一九三七～四五）に至るまでの間断なき日本の侵略と、各地の諸軍閥による反蔣戦争により脅かされていた。また毛沢東（もうたくとう、一八九三～一九七六）と朱徳（しゅとく、一八八六～一九七六）が共産党・紅軍を率いて江西省農村区に革命根拠地を建設、三一年一一月には瑞金を首都とする中華ソビエト共和国を樹立し、蔣政権の新たな脅威となっていた。

このような内憂外患に苦しみながらも、中華民国は急速な発展を遂げている。北伐戦争終了後、蔣介石は訓政期（軍政から憲政への移行期）と称して国民党による一党独裁体制を固め、経済建設に乗り出す。鉄道、自動車道路建設、電信・郵便制度は飛躍的に発展、幣制改革（三五年一一月）後は近代的統一幣制も確立され、中央集権、国内市場の統一が着実に実現されつつあった。

教育の普及も目ざましい。就学率は一九一九年には一一％、一九二九年には一七・

一％にすぎなかったものが、一九三五年には三〇・七八％に達している。明治日本は維新後七年経った一八七五年に三五・四三％で、三七年後（一九〇五）にしてようやく九五・六二％に達しており、統一中華民国の歩みは明治日本に劣らぬものであった。統一直後の一九二九年と日中戦争開始前の三六年との統計を比べると、初等教育・中等教育・高等教育では学生数はそれぞれ八八八万から一八三六万、二三万から六二万、二・五万から四・二万へと二〜三倍に激増しており、これら在校生とともに卒業生は新聞・雑誌そして小説など文学作品の読者層にいっそうの厚みを加えていったのである。

一九二八年六月に首都は北京から南京に移されていたが、上海はこの新首都を間近に従えて繁栄の絶頂に至る。国民党政権は上海を特別市に指定、租界回収の代案として郊外西北の五角場にニュータウン大上海建設計画を立ち上げた。共同租界では参事会参事を高額納税者による選挙で選んでいたが、税収の五五％は中国人からの徴収であるにもかかわらず、定員九の参事会には一人として中国人参事が認められていなかった。これを不服として中国人納税者会は猛然と参政権運動を展開、一九二八年には中国人参事三名の枠の設置および「犬と中国人、入るべからず」の規則で悪名高かった公園の中国人への開放が外国人納税者大会で可決されたのである。さらに二年後には中国人参事は五名に増員された。中国ナショナリズムの勝利であった。

上海では一八五〇年代以来の欧米在来勢力、一九世紀末から途中参加の日本に続けて統一中国が登場、この三者の競合、対立、調和が上海の政治、経済、文化のあらゆる分野を活性化した。「モダン都市」「魔都」など現在も流布する上海像はこの時期に形成されたものである。

三〇年代の魯迅は、国民党政府によりその作品をしばしば発禁処分にされた反体制文学者であった。しかしその魯迅が、北伐戦争中の四・一二クーデター後上海に移動し、北京女子師範大学講師時代の教え子許広平と郊外のしゃれたマンションで同棲を始めている。許とのあいだに子供が生まれると、一家で毎週のようにハイヤーで都心に出かけ、ハリウッド映画に興じた。魯迅はターザン映画シリーズがことのほかお気に入りで、ワイズミュラー主演の『ターザンの復讐』(Tarzan and His Mate、泰山情侶、一九三四)は三度も見ている。〝反体制作家〟魯迅が職業作家として中産階級の暮しを享受していた事実は、三〇年代上海で近代的市民社会が一部であるにせよ実現されつつあったことをよく物語る。実際に上海は産業・金融の中心都市であったばかりか、一大文化センターにまで成長していたのである。このモダン上海を支えたものは、大量の若い読者層の増加と出版ジャーナリズムの膨張、そして新劇の成熟と新メディアとしてのトーキー映画の登場である。また上海の二大新聞『申報』と『新聞報』の発行部数は、一九二一年にそれぞれ四万五〇〇〇部、五万部であったものが、三五年には一五万五九〇〇部と一四万七九五八部を記録している。

戦間期に続く一九四〇年代の中国では、日中戦争（中国では抗日戦争と称する）、国民党と共産党とによる国共内戦（一九四六〜四九）と戦争が相次ぎ、共産党による統一、人民共和国建国（一九四九年一〇月）に至るまでの間、中国各地に数多くの政権・国家が興亡を繰り返した。満州事変後に東北三省を支配した満州国、日本占領下の華北五省と長江下流域にそれぞれ建てられた中華民国臨時政府（三七年一二月北京で成立）・同維新政府（三八年三月南京で成立）など日本の傀儡（かいらい）政権、徹底抗日を唱える国民党蔣介石派と袂をわかち日本との和平を探ろうとした汪兆銘を主席とし臨時・維新両政府を統合して四〇年三月に南京で成立した中華民国国民政府、これらは日本の敗戦とともに崩壊した。また八年にも及ぶ日中戦争を戦い抜いて勝利を得た中華民国・国民党政権も国共内戦に敗れて台湾に逃れている。このように中国の一九四〇年代は亡国の時代ではあったが、文学は豊かな成熟期を迎えていたのである。

一九三七年七月に日中戦争が勃発すると中華民国は緒戦の奮戦もむなしく一一月に上海、一二月に南京、そして三八年一〇月までに武漢、広州など沿海部から内陸部にかけての主要都市を日本軍に占領された。国民党政府は上海を起点とする長江の流域、距離にして約四〇〇キロ上流の首都南京をまず失い、続いて同じく一一〇〇キロ遡航した武漢を失ったものの、なおも二五〇〇キロ上流に位置する四川省の商港重慶を臨時首都と定めて抗日戦争を戦い抜いていく。

また日中戦争の前半期には、米英仏が主権を持つ上海租界区は周囲の広大な淪陥区に浮かぶ孤島と化した。この孤島は一九四一年一二月の太平洋戦争勃発後、日本軍に接収されるまで中立地帯であったため、巴金ら多くの文学者が残留し抗日の言論活動を行った。この上海租界区の四年間は〝孤島期(ことうき)〟と呼ばれる。

近代文化の二大センターである北京と上海から大量の知識人が大後方と解放区へ去り、文化界は荒涼たるありさまを呈する。残留組の文学者の中には対日協力をして、戦後〝漢奸(かんかん)〟(売国奴の意味)として罪を問われたものも多かった。

日本の侵略により中国では各種産業も大きな打撃を受けた。たとえば上海は孤島期には戦争景気によりまばゆいばかりの繁栄を誇ったものの、太平洋戦争開戦以後は急速にさびれていき、工業消費電力は一九三六年を一〇〇とすると四三年は四〇であり、この年には全市の中国人経営の工場は約三分の二が倒産したという。

このような淪陥区の人々の心理状態をめぐり、邵迎建教授は『古今』という上海誌に汪兆銘政権首脳たちが寄稿したエッセーを分析して「周佛海［財政部長、上海市長］は『自反録』の冒頭で『人は己を知らないことに苦しむ』と書いた。数十年に渡る政治生活を過ごしてきた彼らは、突然、自分が何者であるのかわからなくなった」と彼らのアイデンティティ喪失感を指摘している。さらに邵教授は傀儡政権指導層ばかりでなく、上海租界区の広範な市民たちも英米仏の支配から日本軍の支配に移行することにより「政治、経済、文化、精神においていっそう絶望的な境地に陥り……もともと曖昧であったアイデンティティは、一層見失われることとなった」と述べている。

清末以来、上海は欧化の最先端を歩み国民国家建設の中心となってきたが、日本の侵略は中国という国家・民族に存亡の危機をもたらすとともに、中国が清末以来追い求めてきた西欧文明の諸制度に内在する矛盾を一挙に露呈させたのである。そもそも日中戦争、第二次世界大戦、太平洋戦争などの世界戦争は、西欧文明により創り出された国家という装置が引き起こした悲劇であった。清末以来の苦難の末、一九二〇年代末にようやく本格的建設を開始した中華民国が早くも滅亡に瀕するという歴史の展開が、中国の市民層に重大なアイデンティティ・クライシスをもたらしたともいえよう。このような文明危機、アイデンティティ危機の時代に、文学者として危機の本質を考察したのが張愛玲であった。

(三) 張愛玲の香港戦争体験と日本軍占領下での上海デビュー

一九四一年一二月八日、太平洋戦争に突入した日本軍は、イギリス植民地の香港に猛攻を加えた。張愛玲は他の香港大学の学生と共に香港攻防戦に防空団員などとして従軍し、戦後は看護婦として病院に勤務しており、本書収録の自伝的エッセー「戦場の香港――燼余録」はこの時の体験にもとづく。香港のイギリス軍は開戦後一八日で降伏、大学では公文書が灰となったばかりでなく、翌年五月には休講となったとのことで、愛玲は親友ファティマと共に上海に戻り、叔母と同居した。九月からは父より学費援助を得て聖ジョーンズ大学の文科四年に編入したが、父の経済状況も悪化していたため一一月には退学し、生活費稼ぎのために文筆活動を開始している。

一九四三年一月ドイツ人編集の英文雑誌『二〇世紀』にエッセーを発表したのを皮切りに、四三年五月には短篇小説「沈香屑、第一香炉」が、いわゆる大衆小説家で翻訳家でもある周痩鵑が創刊した文芸誌『紫羅蘭』に掲載され、新進作家として一躍注目を集めた。その後も月刊誌『雑誌』などに続々と作品を発表、翌年八月刊行の小説集『伝奇』は、発売後わずか四日で売り切れるという爆発的な人気を博し、作家張愛玲の名声は不動のものとなる。それは彼女が二四歳の年であった。

この新星に魅了された文人政治家に胡蘭成（フー・ランチョン）（こらんせい、一九〇六～八一）がいる。彼は汪兆銘の中華民国国民政府宣伝省次官、機関紙『中華日報』総主筆を歴任、戦後は重慶より戻ってきた国民党政権から〝漢奸〟として追及された人物である。胡は偶然手にした雑誌で張愛玲の小説「封鎖」を読んで関心を抱き、張愛玲のマンションを訪ねる。その日は会えず書き置きを残したところ、翌々日張愛玲の方から胡蘭成を訪問、初対面にもかかわらず五時間も話し込み、すっかり心を許しあうに至った二人は、その後は毎日のように逢瀬を重ね翌年にはついに結婚している。

ちなみに一九四四年六月から五カ月あまり大日本帝国情報局より「対敵宣伝」の任

務で上海に派遣された作家の高見順（一九〇七〜六五）は、胡蘭成の名声を伝え聞き面会を求めているが、その時の印象を次のように書き留めた。

一一月一四日　阿部知二とともに池田氏宅に行く。胡蘭成に会う。不思議な声をしている。彼はいま第三党的運動を企てているのだが、会った印象は政治家というより政論家であった。すなわち天下に号令する人物というより、野にあって重きをなすていの人物のごとく見られた。

恋人の張愛玲のことをヌケヌケと絶讃するのはおもしろかった。（『高見順日記』勁草書房、一九六六）

まさに張愛玲との熱烈な恋が進行していたころ、胡蘭成は『雑誌』一九四四年五月号に「張愛玲を評す」という評論を発表、恋人の文学を魯迅の後継者と位置づけている。

文学は風刺から糾弾へと発展し、さらに新事物の探求へと発展、それは往々にして長いプロセスを辿るものであったが、現在では短く圧縮されている。例えば魯迅、彼のばあい、同時期に書かれた作品中に風刺あり、糾弾あり、探求があり、さらに処方がある。これは数十年来中国が革命の連続と反動の連続であったためである。……魯迅の後に彼女がいる。彼女は偉大な探求者である。魯迅と異なる点は、魯迅が数十年来幾たびもの革命、そして反動を経て、彼の求めたものが戦場で傷ついた闘士の凄惨たる叫びであるのに対し、張愛玲は新生の苗であり……このみずみずしい苗はこの世に健康的で明朗な、打ち砕かれることのない生命力をもたらすのである。

魯迅と並ぶという評価に対しては、恋人への身びいきを覚える向きもあろう。しかし、在米の中国近代文学史家の夏志清（シャー・チーチン）（かしせい、一九二一～二〇一三、北京大学出身でエール大学留学、コロンビア大学教授等を歴任）も、"A History of Modern Chinese Fiction,1917-57" Yale Univ. Press,1961 などで同様の高い評価を与えているのである。

さて胡蘭成は魯迅と張愛玲との血脈を数十年来「革命の連続と反動の連続であった」未完の共和国史において比較した。実際、若き愛玲がデビューし華々しく活躍した四〇年代の中国は諸国家、諸政府が興亡する激動の時代であり、魯迅が生きた一九世紀末から一九三六年までの半世紀余りと比べても遜色ない。ただし愛玲の青春とは日中戦争、そしてこれに続く第二次世界大戦、太平洋戦争、国共内戦などの大戦争により中華文明とヨーロッパ文明、そしてその〝混血児〟である租界都市上海、植民地都市香港の文明が世界的規模で同時崩壊していく時代とぴたりと重なり合っているのである。そして彼女の文学は、必ずしも「政論家」胡蘭成が描くような「健康的で明朗な」青春文学ではなかった。「『伝奇』第二版の言葉」には次のように記されている。

そう、有名になるなら早いうちがいいわ！　あまりに遅いと、楽しみも半減してしまう……早く、早く、ゆっくりしてると間に合わない、間に合わなくなってしまうの！

自分がたとえ待てたにしても、時代は駆け足、すでに崩壊が始まっており、更に大きな崩壊が始まろうとしているのです。私たちの文明が、昇華するにせよ浮薄となるにせよ、いつかきっと過去となる日が来ます。もし〝荒涼〟が私のいちばん良く使う言葉だとしたら、それは心の奥にぼんやりとした恐れを抱いているからなのです。

崩壊感覚に裏打ちされた刹那主義——張愛玲の青春を哀惜するこの特異な論理の背景には、世界的規模による文明崩壊の現実があった。そして彼女自身、香港での戦争体験があった。香港戦争の体験を綴ったエッセー「戦場の香港——燼余録」は、次の言葉で結ばれている。

時代の車は轟々と前に向かって進んで行く……私たちの自己中心ぶりと空虚さ、恥知らずの愚かしさ——誰もが私たちと同じだが、私たちは誰もがみな孤独なのだ。

(四) 小説「傾城の恋」と「封鎖」

「傾城の恋」は孤島期の上海と開戦前後の香港を舞台にしたロマンスである。出戻りお嬢さまのヒロイン白流蘇の住む白一族の館には、没落しても世間体ばかり気にしている老母、家長風を吹かして白の持参金を流用してしまう無能な長兄、図太くすさんだ次兄の嫁、そしてその子供たちと二〇人以上が同居している。白自身も職業婦人となって自立することは早々に諦めてしまい、再婚により再び家を出ようと考え始める。道楽者の次兄が弾く胡弓の調べが流れる白公館は、荒廃してゆく上海文明を象徴すると言えよう。

こんな白流蘇の前に、腹違いの妹の見合い相手として范柳原が現れる。彼は成人後にイギリスから帰国した資産家の華僑にしてマレーのゴム園を経営する青年実業家で、イギリス植民地の香港を根城にするプレイボーイでもある。「すぐ俯くのがお得意」の白に「真の中国女性美」を見出したのは、夢にまで見た故国の現実に失望し傷ついた彼の心を、古き良き中国人女性により癒やされたいと願ってのことであった。しかし彼は結婚を「長期間の売春」と一笑に付し、白に情婦となることを求めており、その点では伝統的家長であった張愛玲の父を連想させる。気障(キザ)なまでに欧州風に洗練された社交家である范はさまざまな策略をめぐらして彼女を香港に連れ出し、ゴージャスな浅水湾(レパルスベイ)のリゾートホテルやビーチ、高級レストランやダンスホールを舞台に彼女を誘惑する内に、白を深く愛するに至る。

これに対し大家族の中で傷ついていた白流蘇は彼のトラウマに心底から同情するが、良家のお嬢さまとしてのプライドを抱き、結婚制度による長期的安定を求めているため、范の身勝手な求愛を拒み続ける。洗練された対話で恋の駆け引きが展開した結果、ある美しい月夜に彼女は范に口説き落とされるのだが、一九四一年一二月八日太平洋戦争が勃発、二人は香港戦争の修羅場に直面するのであった。

二人が互いに深く惹かれあいながらも、妻妾制度の伝統的システムと恋愛・結婚の西欧的市場経済システムに束縛されて、愛を信じられずにいたある夜、范は浅水湾ホテルの巨大な石垣を前にして囁く。

ある日、僕たちの文明がすべて破壊され、すべてが終わってしまう……焼かれ、爆破され、すべて崩れ落ちてしまっても、この壁だけは残っているかもしれない。流蘇、もしも僕たちがその時にこの壁の下で会ったなら……流蘇、君は僕に真心を見せてくれるかもしれない、僕も君に真心を見せてあげられるかもしれない。

ああ、二人が真の愛情で結ばれるためには、文明を滅ぼす戦争が必要なのか⁉　文

明のシステムから受けた二人の傷はそれほどに深いのか⁉

近代西欧の自由恋愛結婚制度を批判したのは、魯迅と並ぶ近代中国の大知識人胡適（フー・シー）（こてき、一八九一～一九六二）である。彼が一九〇四年に一三歳で勉学のため安徽省績溪県の母の元を離れて上海に出る際、彼の母は隣県の江家の娘との縁組みを行った。旧中国での婚礼は親がすべてを決め、結婚する本人の意向は一切考慮されなかった。羅信耀の『北京風俗大全』によれば、一九三〇年代後半でも親同士こそ互いの家を訪問し、未来の嫁と婿とを検分し合うものの、当人たちは相手の写真さえ見せてもらえず、結婚話が女性側に知らされるのは婚約成立後のこと。結婚式の時に、しきたり通りに花婿が花嫁の頭にかけられた紅絹のベールを竿秤の竿の先に引っかけて取り除き、初めてご対面となるのだ。結婚とは父系家族システムを確固たるものにするためのものであった。

胡適も婚約者に初めて面会するのは、アメリカから帰国して結婚式を挙げる一九一七年一二月、婚約成立から一三年後のことである。胡適に限らず、清末民初に適齢期を迎えた中国の知識人は魯迅も郭沫若（クオ・モールオ）（かくまつじゃく、一八九二～一九七八）もみなこのような旧式の結婚をしている。留学当初の胡適は、このような旧中国の結婚システムを擁護し、アメリカの自由恋愛による核家族形成システムを「女子は婚姻のために その身を社交に捧げ……巧みに男子に取り入るもの、あるいは術を弄して男子を虜にする者が、先に伴侶を得る……女子の人格を下げ、進んでわが身を捧げて男子の歓心を得させるように仕向けるとは、西洋の婚姻自由の罪」と批判した。

胡適は旧中国の視点から自由恋愛を批判しているに過ぎないが、自由恋愛結婚↓核家族という制度が、産業化された近代社会における商品流通の制度と同じ原理に基づいている点を容赦なく指摘してもいるのだ。「社会交際の渦中」とは女子が売り買いされる市場であり、核家族とはその生産のための加工場にほかならず、恋愛結婚市場においては男子は貨幣、女子は商品として機能しているのである。もっとも胡適の伝統中国擁護論には、すでにアメリカ的市場の論理が取り込まれており、「西洋式婚姻の愛情は自分で創り出すものだが、中国式婚姻の愛情は身分が創り出すものである。婚約後、女子は婚約者に特別のやさしい感情を抱く。……結婚すると、夫婦はみな相愛の義務を知り、しばしば互いに相手の身になって思いやる」と「真実の愛情へと成長する」過程を強調している。

古代の礼書である『儀礼』以来、中国では「婦人に三従の義あり」として「いまだ嫁さざれば父に従い、すでに嫁しては夫に従い、夫死しては子に従う」と説かれてきた。父系家族システムにあって女は徹底的に男に支配される性であったのだ。これに対して胡適が描いてみせた「身分が創り出す中国式婚姻の愛情」とは男女が対等に思い合う非伝統的な男女関係であった。胡適は中国の伝統的結婚システムを擁護する際、自由恋愛における男女等価の市場経済的原理を取り込んでいたのである。やがて彼はニューヨーク・ダダ派の画家イーデス・クリフォード・ウィリアムズとの恋に落ちて自由恋愛派へと転じ、帰国後の一九一八年にはイプセンの社会劇『人形の家』（一八七九年出版・初演）を翻訳している（羅家倫との共訳）。

『人形の家』は人間の真のあり方を求め夫と子供たちを置いて家を出る銀行家の妻ノラを描いており、彼女は中国においても女性解放のシンボルとなった。『人形の家』の中国人読者たち、特に女子学生たちはこの戯曲から婦人解放運動のメッセージとともに産業化された民主的独立国の近代的核家族家庭のあり方を読みとった。彼らは古い大家族制度と闘って核家族家庭を建設し、それと同時に女権の拡張も行うという二重の社会革命をイプセンから学んだのである。この二重革命の最高の実践こそ自由恋愛である、と胡適は説くのであった。

『人形の家』を熱烈に歓迎する女子学生たちに対し、出奔後のノラがたどるであろう運命——娼婦への転落をも含む——を悲観的に語りつつ、一時的な激情に駆られ過激な行動に出ていたずらに犠牲を増やすのではなく、粘り強い闘いにより女性の経済的権利獲得を目指すべし、と説いたのが魯迅による一九二三年一二月北京女子高等師範学校での講演「ノラは家を出てからどうなったか」であった。もっとも魯迅は講演末尾では一転して「進んで犠牲となり苦しむことの快適さ」を語り始め、その特殊な例としてキリストの呪いを受け永遠に歩み続ける〝さまよえるユダヤ人〟アハスエルス伝説に触れている。この言葉からは、自らを罪人と自覚し自らには安息を許さず永遠の闘いを課そうとする魯迅の孤独な決意が窺われよう。

張愛玲の「傾城の恋」とは、このような二〇世紀初頭以来の女性の家出＝自立をめぐる言説に対する小説による総決算とも言えよう。伝統的結婚システムにより実家を出されたヒロインが、蓄妾など夫の伝統的行動に愛想を尽かし近代法に基づく離婚により婚家を出るが、実家に戻ると男権主義の兄たちに結婚持参金を奪われた上に婚家へ追い返されそうになり、自立自尊のために自由恋愛による再婚で主体的に実家を出ようと闘う——という物語なのである。白流蘇は「一時的な激情に駆られ過激な行動に出」ることなく、冷静に思考しながら恋愛市場での「粘り強い闘い」を展開するものの、ついに范柳原の深い愛と頑固な打算に負けて彼の正妻ではなく情婦となることで妥協し、自らの家を獲得する――その時に香港戦争が勃発するのだ。

白公館を典型とする大家族制度は、近代中国文学では繰り返し個を抑圧し自由恋愛を妨げる悪として描かれてきた。張愛玲もその図式を継承するいっぽうで、ヒロインが范の情婦となり香港の高級住宅街に新居を構えるまでのプロセスを通して、恋愛が決して男女の平等な交際と自由な判断の結果、結婚＝新家庭形成に至るのではないことを示唆し、むしろそこにおいては経済が重要な位置を占めることを巧みに語っている。

上海・香港の二都はアヘン戦争（一八四〇）後にかたや租界都市、かたや植民地都市として建設されたが、上海が一九三〇年には三一四万（外国人は約六万）の人口を擁する東洋一の国際都市へと成長したのに対し、香港は人口八五万（一九三一）で珠江流域を商圏とするローカル都市に甘んじていた。しかし日中戦争が始まるや、孤島と化した上海に代わり香港が急成長、軍需物資の輸送を中心に中国貿易高の半分を占めるに至り、本土からの一〇〇万の難民を迎えたうえに上海の富裕層や文化人も大量に香港に移動、人口は二〇〇万を超えた。

「傾城の恋」はこのように日中戦争開戦後に束の間の繁栄を誇り、太平洋戦争開戦と同時に滅んでしまった植民地都市香港を舞台にしているのである。美しき祖国への夢破れアイデンティティ・クライシスに苦しむイギリス華僑范柳原と、腐りきった旧制度の大家族に心底愛想をつかしながらも逃れるすべのない白流蘇、求め合う二人の愛は半伝統・半近代の文明システムの内にあっては成就し得ぬ。香港の興亡を背景に、上海女性とイギリス華僑とのロマンスの行方を上海人読者の前に描ききった張愛玲の技量は一流のものであり、胡適・魯迅以来の女性の家出＝自立のテーマを文字通りドラマチックに展開したといえよう。

思えば「傾城(けいじょう)」あるいは「傾国」とは中国の史書『漢書』等を出典とし、国王や皇帝がその色香におぼれて城も国も顧みなくなるほどの美女を指す言葉であり、「一顧すれば人の城を傾け、再顧すれば人の国を傾く」と見返り美人に魅了された人々は、自らの城や国を亡ぼすに至るというのだ。そのような傾城の美女の典型が、春秋時代の呉王の愛姫西施(せいし)であろう。「城」には都市の意味もあり、張愛玲は「傾城」の意味を転用して、香港という「城」の滅亡によってのみ成就する恋愛結婚を描いたのである。なお日本では「傾城」を「けいせい」と読み、「傾城傾国」を遊女の称に転じてもいる。

このような「傾城の恋」に対し、「封鎖」は西欧的都市機能が日常的にしかも突如として停止させられていた日本占領下の上海が舞台である。一九四一年末から四二年初にかけて、日本軍は抗日テロ事件を口実に、南京路、浙江路など繁華街と、閘北、楊樹浦など人口密集地区で封鎖を実行、市民の移動を厳禁した。封鎖期間は短くて一週間、長いときには二〇日に及び、地区内住民の生活必需品の供給が断たれたほか、ゴミや糞便の搬出もかなわず、人々は恐れおののき、衛生状態は悪化し、疫病が流行、住民の苦しみは言語を絶したという(前出『上海近代史』)。

「封鎖」では封鎖中の市電という文明システム停止状態において、社会的関係から一切自由となった一組の職業人が男と女として対話することにより行きずりの恋に落ちる。いったんは男も離婚を覚悟し、女も利己的な父母のもとを去ることを決意するが、封鎖の解除とともに「お金の問題」を越えられず男は彼女の前から消えていく。このように崩壊期という特殊な時代にあって、家、社会、恋愛など上海・香港に移植された西欧文明システムの本質を抉り出したのが張愛玲文学なのである。

「早く、早く、ゆっくりしてると間に合わない」という張愛玲の言葉は、文明の解剖者としての自らの才能を自覚していた彼女の素直な感想であったろう。なぜなら、文明の解剖は文明の崩壊期にこそ彼女にも彼女の読者にも可能であったのだから。

本書には上海に対する愛情を語った「さすがは上海人」、本解説ですでに何度か引用した自伝的エッセーの「戦場の香港——燼余録」「囁き」も収録している。いずれもペーソスとユーモアに溢れた名エッセーであるが、それが日本軍占領下の上海で発表されたものであることに留意していただきたい。特に「戦場の香港——燼余録」では香港戦争の悲惨さについての描写は抑制されており、ほかのユーモラスな表現の陰に隠れがちであるが、それは日本軍による検閲を避けるために採用した苦肉の表現である可能性を秘めていることを忘れてはなるまい。

(五)戦後の張愛玲および日本での受容

張愛玲は戦後も上海に残り、映画監督桑弧の依頼を受け、傑作映画の脚本『尽きせぬ想い』『奥様万歳』(共に一九四七)に腕を振るった。中華人民共和国建国後は、『十八春』など旧社会の暗黒面を描く作品も手がけ、五〇年に農村の〝土地改革〟運動に参加するなど、社会主義体制に順応しようと努めたようすであるが、共産党讃美の作品が書けず、また胡蘭成との婚姻関係も批判され、五二年七月香港での学業継続を理由に中国を脱出した。香港ではアメリカ・インフォメーション・エージェンシーに勤務しながら創作活動を再開している。土地改革に取材した反共長篇小説『農民音楽隊』『赤い恋』の二作は、皮肉にも社会主義リアリズムの手法を取り入れながら、共産党支配下の農民の苦しみをよく描いている。

一九五五年一〇月にアメリカに移住し、五六年三月に二九歳年長の左翼作家フェルディナンド・ライヤー(Ferdinand Reyher、一八九一～一九六七)と知り合い、同年八月に結婚し、六〇年七月にアメリカ市民権を得ている。生涯中国本土には帰らなかったが、香港映画のため、ブルジョワ子弟の華やかな恋愛物語を軽快なタッチで描く『恋は戦争のように(原題:情場如戦場)』(五七年)のような秀作喜劇脚本も書いた。六七年ライヤー死去後は、カリフォルニア大学バークレー校などの招聘を受け、清末小説『海上花列伝』を英訳したのち、一九九五年にロサンジェルスのアパートで孤独死している。

張愛玲文学は台湾・香港では熱狂的に読み継がれ、「張迷（チャンミー）（張狂い）」現象を巻き起こした。もっともハーバード大学教授であった李歐梵（リー・オウファン）（Leo Ou-fan Lee、一九三九〜）は、中国大陸の近代知識人は先端意識と中心意識に凝り固まっており、「香港のような周縁地区に興味を寄せる」ことはなく、日本占領下の上海で香港の物語を書いた張愛玲も異国情趣の文学であり、その世界からは「香港が一つの『他者』として現れて、上海人の『自我』の逆さの影となり、しかも上海という相当に欧化した大都市によりさらに伝奇的色彩を加えられている」と指摘し、現在のポスト植民地主義の言説を用いるなら、「植民地文化のイメージ」であると論じている。

人民共和国体制下の中国大陸では、張愛玲は五二年以来禁書の扱いを受けてきたが、八五年、中国作家協会上海支部機関誌『収穫』が「傾城の恋」を掲載、これと前後してかつて淪陥期上海で中共地下党員として文芸誌の編集長を務めた柯霊（コー・リン）（かれい、一九〇九〜二〇〇〇）が当時を回想するエッセー「遥か張愛玲に寄せて」（『読書』第四期）を発表した。以来『伝奇』『流言』が復刻され、さらに作品集が新たに編まれるなど張愛玲ブームが続き、学界・批評界でも張愛玲論が賑わっている。九〇年代以後登場する衛慧（ウェイ・ホイ）（えいけい、一九七三〜）、安妮宝貝（アニー・ベイビー）（一九七四〜）ら「村上春樹チルドレン」作家は、「張愛玲の娘たち」でもある。

淪陥期の上海には日本人が一〇万人も居留し、邦字紙として『大陸新報』が刊行されていた。その『大陸新報』昭和一九年六月二〇日号に、「愛愛玲記」というエッセーが掲載されている。筆者は上海にあった中国語専門学校の東亜同文書院英文学教授の若江得行で、次のように述べている。

健康無類の女士の新作に注目してゐる人は、私のやうな英文学徒ばかりでなく、北京大学支那文学科出身の日本の学徒の中にも有り……中国の新しい雑誌は、中国の人等と同じ数の日本人に読まれる日は既に来てゐる……新刊雑誌が出る度毎に目の色を変へて街頭を馳駆する日本人が居るのだと云ふ事を、是非御了解願ひ度い。

同紙には上海で近代中国文学翻訳家として活躍していた室伏クララ（一九一八～四八）も若江のエッセー掲載日から六月二六日まで計七回「燼余録」を翻訳連載しており、これは世界初の張文学の外国語訳であった。なお若江については著書『上海生活』（大日本雄弁会講談社、一九四二）があること以外は詳細不明である。

戦後は反共文学として『赤い恋』（柏謙作訳、一九五五）、『農民音楽隊』（並河亮訳、一九五六）が翻訳されたが、九〇年代以後再び注目を集め、代表作が次々と翻訳されている。主な作品集は以下の通りである。

『浪漫都市物語　上海・香港'40S』張愛玲・楊絳著、藤井省三監修、桜庭ゆみ子・上田志津子・清水賢一郎訳、JICC出版局、一九九一

『傾城の恋』張愛玲著、池上貞子訳、平凡社、一九九五

『ラスト、コーション』アイリーン・チャン著、南雲智訳、集英社、二〇〇七

『中国が愛を知ったころ』張愛玲著、濱田麻矢訳、岩波書店、二〇一七

本書は『浪漫都市物語』収録の張愛玲作品の再訳であり、その経緯については「訳者あとがき」に記した。

本巻に収録した作品の原題、初出は以下の通りである。

「さすがは上海人」「到底是上海人」『雑誌』一九四三年八月号、のちにエッセー集『流言』（上海五洲書報社、一九四四）に収録。

「傾城の恋」「傾城之恋」『雑誌』一九四三年九月号、のちに短篇集『伝奇』（上海、

雑誌社、一九四四）に収録。

「戦場の香港——燼余録」「燼余録」『天地』一九四四年二月号、のちに『流言』に収録。

「封鎖」「封鎖」『天地』一九四三年一一月号、のちに『伝奇』に収録。

「囁き」「私語」『天地』一九四四年七月号、のちに『流言』に収録。

なお翻訳に際しては『張愛玲全集』三、五、六の三巻（共に台北・皇冠文学出版、一九九一年八月）を底本とし、適宜『伝奇　増訂本』（一九四六年、上海、山河図書公司刊、一九八五年、上海書店影印）、『流言』（一九八七年、上海書店影印）を参照した。また「傾城の恋」の翻訳に際しては *Love in a fallen city*（Eileen Chang ; translated by Karen S. Kingsbury and Eileen Chang, New York : New York Review Books, 2007）も参照した。

張愛玲年譜

一九二〇年
九月三〇日上海共同租界西区麦根路313号（現、静安区康定東路87弄）で生まれる。

一九二一年　一歳
弟の張子静生まれる。

一九二三年　三歳
父の張志沂が天津・津浦鉄路局英文秘書となり、一家で天津に転居し、父の妹の張茂淵も同行する。

一九二四年　四歳
弟と共に家庭教師に学ぶ。母が叔母の張茂淵と共にイギリスに留学する。父の妾が同居する。

一九二八年　八歳
一家は上海に転居し、母がイギリスより帰国する。

一九三〇年　一〇歳
アメリカのミッション系の黄氏小学校六年編入の際に張煐から張愛玲に改名する。両親が離婚する。

一九三一年　一一歳
アメリカのミッションスクール聖マリア女学校中等部に入学。

一九三四年　一四歳
父の張志沂が孫用蕃と再婚する。

一九三七年　一七歳
七月盧溝橋事件、日中戦争開戦、八月第二次上海事変。同月、父に自宅に監禁される。

一九三八年　一八歳
一月自宅から逃走して母のマンションで暮らし始める。

一九三九年　一九歳
一月ロンドン大学東アジア地区入学試験をトップの成績で合格。八月ロンドン大学入試成績書を持って香港大学文学部に入学、上海居住のスリランカ人の娘のファティマと知り合う。九月第二次世界大戦開戦。

一九四一年　二一歳
一二月八日太平洋戦争開戦、日本軍が香港を占領。防空団員として従軍。

一九四二年　二二歳
五月上海に帰り、叔母の張茂淵と同居。

一九四三年　二三歳
一月ドイツ人編集の英文雑誌『二〇世紀』にエッセーを発表、五月中国語の短篇小説を発表。

一九四四年　二四歳
七月頃、胡蘭成と結婚。八月小説集『伝奇』刊行。一二月エッセー集『流言』刊行。

一九四五年　二五歳
八月日本降伏。
七月李香蘭らと共に茶会に出席。八月

胡蘭成は上海から逃亡し、一二月に浙江省麗水で范秀美と暮らす。

一九四六年　二六歳
二月温州まで胡蘭成・范秀美夫妻を訪ねる。

一九四七年　二七歳
一月映画脚本『尽きせぬ想い』。六月胡蘭成に決別の手紙を送る。映画脚本『奥様万歳』。

一九四九年　二九歳
五月共産党軍が上海を制圧。一〇月中華人民共和国成立。

一九五〇年　三〇歳
四月長篇小説『十八春』を新聞連載（五一年二月まで）。夏、江蘇省北部農村の〝土地改革〟運動に参加。

一九五二年　三二歳
七月香港大学入学のため広州より深圳経由で香港へ。一一月香港大学を退学し、東京にファティマを訪ねアメリカ行きを相談する。一二月アメリカ・インフォメーション・エージェンシーのヘミングウェイ『老人と海』中国語訳者募集に応募し同書を訳す。同エージェンシー勤務の宋淇とその妻と知り合う。

一九五三年　三三歳
同年『赤い恋』を執筆し英訳、アメリカ・インフォメーション・エージェンシーの助成金を受ける。

一九五四年　三四歳
一月より『農民音楽隊』中国語版をア

メリカ・インフォメーション・エージェンシーの雑誌に連載。七月同書刊行。一〇月アメリカの胡適に手紙と『農民音楽隊』を送る。

一九五五年　三五歳
一月胡適より『農民音楽隊』称讃の返信。一〇月アメリカに渡航、サンフランシスコから鉄道でニューヨーク着、不動産業経営者となったファティマと同居する。一一月ファティマと胡適を訪ねる。

一九五六年　三六歳
三月ニューハンプシャー州のエドワード・マクドーウェル・コロニー（文芸キャンプ）に参加し、アメリカ作家のフェルディナンド・ライヤーと知り合う。八月ライヤーと結婚、妊娠していたがライヤーの主張で人工流産する。

一九六〇年　四〇歳
七月アメリカ市民権を取得。

一九六一年　四一歳
一〇月台湾・香港訪問。

一九六二年　四二歳
一月香港で映画脚本を執筆。三月アメリカに帰国。

一九六七年　四七歳
一〇月ライヤー逝去、享年七六。

一九六九年　四九歳
六月カリフォルニア大学バークレー校中国研究センター研究員となる。

一九七二年　五二歳
一〇月ロサンジェルスに転居。

一九九五年　七五歳

九月初、ロサンジェルスの賃貸アパートで重要な証明書を手提げ袋に入れてドア付近に置く。九月八日アパートで病死体で発見される。遺言により遺物の処理は宋淇夫妻に委ねられる。

訳者あとがき

かつてオールド上海に、華麗な文体と巧みな構成による恋愛小説を引っ提げ、彗星のごとく登場した作家がいた。その名は張愛玲（チャン・アイリン）、英語名を Eileen Chang という――と、本書解説を私は説き起こしております。

この張愛玲（ちょうあいれい、一九二〇～九五）は魯迅と並ぶ現代中国文学の源流でして、共に伝統中国の腐蝕ぶりと西欧近代の酷薄さに鋭い視線を投じました。但し作風は大いに異なり、魯迅がたとえば短篇小説「故郷」で貧しい農民閏土（ルントウ）への深い共感と、語り手「僕」というインテリ都会人の軽薄さを、暗い村の風景の中でしんみりと描き出すのに対し、彼女は代表作「傾城（けいじょう）の恋」で上海の没落資産家の出戻りお嬢さまがイギリス華僑のプレイボーイを相手に繰り広げる大恋愛を、ゴージャスなコロニアル香港を舞台として華麗に描くのです。都市と農村、女性と男性、上流・中産と貧困・底層……と両作家の語りの視点は大きく異なっています。思想性の濃い魯迅文学とエンターテインメント性も併せ持つ張愛玲文学、と対照することもできるでしょう。没落大家族から家出して生き残るために、裕福なプレイボーイ華僑との恋愛再婚の可能性に人生を賭ける、というヒロインに対しては、不純な動機、さらには封建主義・資本主義の腐敗した思想という非難が為されております。しかし恋愛ゲームを繰り広げるうちに、一見傲慢なようで実はアイデンティティ危機を抱えている華僑実業家とヒロインとの間に生まれる親密な感情、そして太平洋戦争勃発に伴う香港戦争により二人が深い愛情で結ばれて行く結末は、まさに〝傾城の恋〟――城が傾き国が滅んで成就する恋なのです（〝傾城傾国〟の意味については解説をご参照ください）。

もっとも極限状況の下で真実の愛が成就した――張愛玲の言葉を借りれば「人を泣かせ眼を輝かせるような一瞬」が訪れた――とはいえ、読者は安心してはいられません。張愛玲の洞察は遠く人間のエゴイズムや文明システムの欠陥にまで及んでいるのです。

張愛玲文学は魯迅と共に現在に至るまで、中国大陸・香港・台湾・シンガポールなどの中国語圏で熱狂的に読み継がれております。魯迅と張愛玲との両者を合わせて、初めて現代中国文学の見取図が描けるのです。

日本における張愛玲の受容に関しては解説で述べましたが、一九九一年刊行の『浪漫都市物語　上海・香港'40s』は、その後の張愛玲再評価の契機となった翻訳でした。同書は張愛玲とその同時代女性作家の楊絳（ようこう、一九一一〜二〇一六）の作品集で、張愛玲作品は上田志津子・清水賢一郎の両氏が翻訳し、私が監修を担当しました。張愛玲は直喩や隠喩、間接話法や省略法などを駆使して、ヒロインらの感情と容姿、衣裳と小道具、インテリアとアーキテクチャー、都会と自然の風景を時に細密に、時に速写風に描き出します。この華麗な文体による地の文の中に、ウイットに富む会話がちりばめられており、一つの段落に中国語原文では五〇〇字、日本語翻訳では一〇〇〇字近い文章が凝縮されております。読者は名場面に陶酔しつつ、美文がさりげなく示唆する人の心の暗闇や文明の暗部に気付かされていくのです。このような張愛玲文学の翻訳に際しては、訳者・監修者の力量が大いに問われます。

二七年前の翻訳では、読みやすさを優先して、段落を分け文章を分割し、敢えて意訳してもおります。このため原文の味わいを十分に伝えきれず、一部に不適切な訳も残しており、私は監修者としての非力を痛感しました。

今回の古典新訳文庫版では、私自身が翻訳しまして、段落と文章は原文通りとして、改段や句点など一切手を加えず、可能なかぎりの直訳を心がけました。このため一頁前後の長い段落も頻出しますが、緊張感溢れる張愛玲文体の緻密な華麗さをお楽しみいただければ幸いです。

二七年前の上田志津子・清水賢一郎両氏の訳業に感謝すると同時に、今回の新訳に際し張愛玲文学全般については徳島大学教授の邵迎建さんから、オールド香港に関しては香港理工大学講師の李凱琳さんから頂戴したご指教にお礼申し上げます。

二〇一八年三月二七日　東大赤門楼六二三号室にて　藤井省三

傾城の恋／封鎖

著者 張愛玲
訳者 藤井省三

2018年5月20日　初版第1刷発行

発行者 田邉浩司
印刷 萩原印刷
製本 ナショナル製本

発行所 株式会社光文社
〒112-8011東京都文京区音羽1-16-6
電話 03（5395）8162（編集部）
03（5395）8116（書籍販売部）
03（5395）8125（業務部）
www.kobunsha.com

落丁本・乱丁本は業務部へご連絡くだされば、お取り替えいたします。
ISBN978-4-334-75377-1 Printed in Japan

いま、息をしている言葉で、もういちど古典を

長い年月をかけて世界中で読み継がれてきたのが古典です。奥の深い味わいある作品ばかりがそろっており、この「古典の森」に分け入ることは人生のもっとも大きな喜びであることに異論のある人はいないはずです。しかしながら、こんなに豊饒で魅力に満ちた古典を、なぜわたしたちはこれほどまで疎んじてきたのでしょうか。

ひとつには古臭い教養主義からの逃走だったのかもしれません。真面目に文学や思想を論じることは、ある種の権威化であるという思いから、その呪縛から逃れるために、教養そのものを否定しすぎてしまったのではないでしょうか。

いま、時代は大きな転換期を迎えています。まれに見るスピードで歴史が動いていくのを多くの人々が実感していると思います。

こんな時わたしたちを支え、導いてくれるものが古典なのです。「いま、息をしている言葉で」——光文社の古典新訳文庫は、さまよえる現代人の心の奥底まで届くような言葉で、古典を現代に蘇らせることを意図して創刊されました。気取らず、自由に、心の赴くままに、気軽に手に取って楽しめる古典作品を、新訳という光のもとに読者に届けていくこと。それがこの文庫の使命だとわたしたちは考えています。

このシリーズについてのご意見、ご感想、ご要望をハガキ、手紙、メール等で翻訳編集部までお寄せください。今後の企画の参考にさせていただきます。
メール　info@kotensinyaku.jp

光文社古典新訳文庫　好評既刊

ドン・カズムッホ
マシャード・ジ・アシス
武田千香 訳

彼女は視線をゆっくり上げ、わたしたちは互いに見つめ合った……。みずみずしい描写で語られる愛と友情、波乱万丈の物語。小説史上まれにみる魅力的なヒロインがこんなところに隠れていた。

知への賛歌　修道女ファナの手紙
ソル・フアナ
旦敬介 訳

詩こそが最高の文学だった十七世紀末に世界で最も愛された詩人。彼女の思想を明快に表現した詩と二通の手紙を、詳細な解説とともにまとめたわが国初の試み。

崩れゆく絆
アチェベ
粟飯原文子 訳

古くからの慣習が根づく大地で、名声と財産を築いた男オコンクウォ。しかし彼の誇りと村の人々の生活を蝕むのは、凶作や戦争ではなく、新しい宗教の形で忍び寄る欧州の植民地支配だった。

オイディプス王
ソポクレス
河合祥一郎 訳

先王ライオスを殺したのは誰か。事件の真相が明らかになるにつれ、みずからの出生の秘密を知ることになるオイディプスを、恐るべき運命が襲う。ギリシャ悲劇の最高傑作。

人生の短さについて　他2篇
セネカ
中澤務 訳

古代ローマの哲学者セネカの代表作。人生は浪費すれば短いが、過ごし方しだいで長くなると説く表題作ほか2篇を収録。２０００年読み継がれてきた、よく生きるための処方箋。

★続刊

奪われた家／天国の扉 動物寓話集 コルタサル／寺尾隆吉・訳

古い大きな家にひっそりと住む兄妹をある日何者かの物音が襲い、二人の生活が侵食されていく「奪われた家」。盛り場のキャバレーで死んだ恋人の幻を追う「天国の扉」。ボルヘスと並ぶアルゼンチン幻想文学の代表的作家コルタサルの傑作短篇集。

モーリス フォースター／加賀山卓朗・訳

良家の子弟モーリスと知的な学友クライヴは、互いに友情以上の感情を抱くが、二人の人生はだんだんとすれ違っていく……。同性愛が犯罪であった20世紀初頭の英国を舞台に、抑圧された若者たちの苦悩を描く。作家の死後に発表された衝撃作。

失われた時を求めて⑥ 第三篇「ゲルマントのほうII」 プルースト／高遠弘美・訳

祖母の友人ヴィルパリジ侯爵夫人のサロンに招かれた語り手は、ドレフュス事件をはじめ、芸術や噂話に花を咲かせる社交界の人びとを目の当たりにする。一方、病気の祖母の容態はますます悪化し、語り手一家は懸命に介護するのだった……。